ŒUVRES

MÉLÉES

DE

M. LE COMTE DE TILLY.

L'Amour & l'Honneur.

A AMSTERDAM,

Et se trouve à PARIS,

Chez les Libraires qui débitent les Nouveautés

1784.

A MADAME
LA MARQUISE DE S...

J E fais que vous lifez fouvent pour vous inftruire,
Pour délaffer votre efprit très-orné ;
Qu'un Ouvrage profond qui fait penfer & rire,
Et dont le ftyle n'eft ni dur ni contourné,
    Eft fûr de vous féduire :
Mais des Livres bien faits le nombre eft très-
    borné.
    A peu de gens il eft donné
De bien voir, de fentir, d'exprimer & d'écrire.
    Beaucoup d'appellés, peu d'élus ;
    Ce font les mots de l'Evangile :
    La Parodie en eft facile;
    Beaucoup d'imprimés, peu de lus.
Si des trois quarts de ceux qui cultivent les
    Lettres,
    Le deftin eft d'être bernés ;
    Si, fur mille faifeurs de mêtres,

Deux par hafard font couronnés,
Je parle de la couronne
Que la Poftérité donne,
Pourquoi donc ai-je écrit? Ah! Meffieurs, par-
donnez!
D'honneur, je n'en veux point aux lauriers lit-
téraires
Que les fiècles futurs vous ont prédeftinés.
Jouets du vent, mes feuillets éphémères
Périront auffitôt que nés;
Et mon Recueil épiftolaire,
Dans le vague des airs par Eole agité,
Légerement conçu, promptement emporté,
Ira tomber..... dans la riviere.
Vous voyez ma tranquillité,
Vous voyez fi je me réfigne:
Je ne fuis point Auteur, & ma fécurité
Sans doute en eft la preuve infigne.
Adieu, Meffieurs.... Madame, quelquefois
Si par défœuvrement vous voulez bien me lire,
Si les accens de ma très-foible voix,
Sur votre bouche appellent le fourire;
Qu'irois-je demander aux Dieux,
Qui fe joueroient de ma folie?
Ferois-je encore quelques vœux?
Mon bonheur doit leur faire envie.

SUR LE PORTRAIT

DE LA REINE.

A MADAME LE B.....

D'Apelle & de Zeuxis, douce & noble Rivale,
Elégante le Brun, Artiste aux yeux charmants,
 Sous vos pinceaux faciles & savants
 Vous alliez la Majesté Royale,
 Et la grace, & la volupté
  Cent fois plus belle
 Que trop de régularité :
Par votre art, vos couleurs, le tems sera dompté:
Il le sera sur-tout à cause du modele.
Vous vous ressouviendrez de quelqu'un de ses
  traits
Quand vous voudrez flatter. Mais si d'après
  nature,
 Vous voulez faire des portraits,
 Vous ne retrouverez jamais
Cet air, ces yeux, ces bras, ces mains, tous ces
  attraits,

A iij

Honte de l'Art, fi, par fon impofture
    Si femblable à la vérité,
Il ne rappelloit pas à l'efprit enchanté
Tous les charmes réels que calque la Peinture.
   Ah ! fi les Dieux, pour comble de faveur,
Euffent fait naître en vous une célefte flâme !....
    Mais on ne peint ni l'efprit ni le cœur,
    On ne peint point les qualités de l'ame.
J'ai lu que Cléopâtre aux rives du Cydnus
    Fut prife pour une immortelle ;
     Cléopâtre étoit moins belle,
    Et n'avoit pas fes vertus.
Sous ces lambris dorés qu'éleva la baguette
   D'Armide ou d'un autre Enchanteur,
Quelle Divinité !... Je fuis Français, mon cœur
    Reconnoît Vénus-Antoinette.

A MONSIEUR
LE VICOMTE DE B....

PARTANT POUR ROME.

C'EN eſt fait, je ne puis partir ;
Cher ami, plaignez ma foibleſſe.
Quel cœur d'airain pourroit tenir
Au déſeſpoir de ma Maîtreſſe ?
Hélas ! ce ſacrifice affreux
Qu'à l'amitié promettoit mon courage,
La raiſon m'en montroit auſſi tout l'avantage
Mais la raiſon ſouvent a fait des malheureux.
C'eſt être fou qu'être trop ſage ;

J'entends d'ici tous vos reproches, mon cher Vicomte : ma ſenſibilité les exagere peut-être ; mais quel homme n'a pas été maîtriſé par un ſentiment victorieux, indomptable pour l'amitié même ? Le bonheur eſt un être fugitif ; on le ſaiſit ſi rarement dans le cercle étroit de notre vie, qu'il eſt permis de l'embraſſer avec fureur. Cette efferveſcence de

jeuneffe, cet enthoufiafme des paffions s'a-
chete par bien des peines, & s'expie par
bien des larmes : enfin la mort arrive ; ou fi
l'on fe furvit à foi-même, c'eft encore pis,
on n'a plus que des fouvenirs, & les réminifcences ne font aimables que pour les foux
du bel âge.

Du Temps, dans fon rapide effor
Fixons la courfe irrévocable :
Triftes jouets des caprices du fort,
Créons-nous une erreur aimable,
Qui nous trompe jufqu'à la mort.
Ah ! dans les preftiges d'un fonge
Quand nos fens dorment affaiffés,
Le réveil nous attrifte, il détruit le menfonge
De nos efprits doucement abufés.
De cette illufion flatteufe & paffagere
Quel homme ne voudroit éternifer le cours !
C'eft en rêvant qu'on embellit fes jours :
Peut-être le bonheur n'eft-il qu'une chimère ;
Peut-être n'eft-il rien de réel fur la terre,
Que les fléaux, la mort & les amours.

Voilà bien de la morale pour vous dire

que, puifque je fuis prefque heureux à Paris, je n'irai point à Rome.

D'ailleurs, la Rome des Céfars eft defcendue dans l'abîme des temps.

Les Chantres immortels de l'antique Aufonie,
Dorment enfevelis dans la nuit des tombeaux :
Le Pontife de Rome & quelques Cardinaux
Ont remplacé les Rois de la terre affervie.
　　La pareffe & la volupté
Retiennent à Paris ma tranquille jeuneffe;
Je ne puis m'arracher des bras de ma Maîtreffe,
　　Pour les pieds de Sa Sainteté.
　　Mais quand tu vas courir le monde,
Emporte mes regrets & mes plus tendres vœux;
　　Et dans ta courfe vagabonde,
Souviens-toi qu'il te refte un ami dans ces lieux.

A ARMIDE,

Qui m'engageoit à aller la retrouver à la campagne.

STANCES.

J'IRAI demain, n'en doutez pas,
Respirer l'air pur du village,
Et fouler dans votre hermitage
Les fleurs qui naissent sous vos pas.

Dans ces beaux lieux que votre amour
A mes yeux embellit encore,
Je paroîtrai dès que l'Aurore
Ouvrira les portes du jour.

Avec la Reine de Paphos,
Je me croirai dans les jardins de Gnide :
Plus constant que Renaud, aux pieds d'une
autre Armide
Je passerois mes jours sous ces berceaux.

Armide, à ce que dit l'Histoire,

D'un défert fit un lieu charmant;
Et ne fut pas, fi j'ai bonne mémoire,
Conferver fon Amant.

※

Que cet Amant, felon moi, fut peu fage!
Pour la gloire il quitta l'amour :
Il eut torr : je doûte qu'un jour
La gloire me rende volage.

※

Que la trompette de Bellone
Sur l'arêne fanglante appelle les Guerriers:
Philis, les fleurs de ta couronne
Ont plus d'attraits que les lauriers.

※

A fes autels, par un charme vainqueur,
Le Dieu des vers attira ma jeuneffe;
Mais tu le fais, ma facile pareffe
N'en fit jamais que pour ton cœur.

※

Que les foibles fons de ma lyre
Soient entendus de la Poftérité,
Je n'en fuis point jaloux : quand pour toi je
        refpire,
Tu me tiens lieu de l'immortalité.

A MADAME CH...

Qui vouloit prendre un Amant pour vingt ans.

QUAND je fus, à quinze ans, trahi par ma
       Maîtresse,
   Premier objet de mon amour,
   Je pris bientôt une autre Enchanteresse,
   Qui me trompa, me trahit à son tour.
Dupe de mon bon cœur, & de ma folle
       ivresse,
   Je m'avisai de penser un moment:
   Je renonçai dès-lors au sentiment,
   Et je gagnai ces Dames de vîtesse.
   J'abjure l'art de tromper le premier,
     Si vous recevez mon hommage,
L'amour-propre à l'amour s'immole tout entier;
Je veux de jour en jour vous aimer davantage.
Allons,... je sens mon cœur, croyez à mes ser-
       ments.
     Des vrais Amants je serai le modele,
   Je mettrai mon bonheur à vous être fidele,
   Dussé-je l'être encore dans vingt ans.

A MONSIEUR C...

Vous vous souvenez, sans doute, Monsieur, de cette pauvre Cécile, Drame Tragi-Comique, en trois Actes, en Vers, & contre tous ; enfant d'une imagination de quinze ans, que vous eûtes pendant quinze jours entre les mains, & que vous mîtes, je crois, sous les yeux de la plus grande Dame de l'Europe.

J'étois si jeune, que je crus avoir fait quelque chose de bien : je courus chez M⁐ M... que je priai d'assembler le soir son Sénat : vous deviez y assister ; mais vous fûtes assez heureux pour avoir des affaires ce jour-là. Je n'oublierai jamais ce que cette aventure eut de burlesque. L'Auteur lisant mille vers, assis dans un large fauteuil, vis-à-vis une table qui portoit quatre bougies, un vase rempli de limonade pour rafraîchir de temps en temps la bouche qui disoit de si belles choses : les Enfants de Thalie & de Melpomène, hommes & femmes, m'environnant dans un profond filence, tandis que je me battois les flancs comme un Energumene, pour donner un peu de couleur à ma Piéce, qui fut reçue, & ne fut pas jouée, heureufement.

Un ordre fupérieur me priva de l'honneur de la repréfentation.

Monfieur de P.... qui n'étoit point du tout Poëte, me mit en prifon, parce qu'il prétendoit que le fouper que j'avois fait avec ces Dames, m'avoit conduit trop avant dans la nuit. De défefpoir, je brûlai mon Drame, & deux ou trois cents Épîtres; car à quinze ans je faifois une Ode & deux Épîtres dans une heure.

Aujourd'hui je travaille plus,
Je polis mes vers davantage :
On apprend. J'appris avec l'âge,
Que les vers faits trop vîte, étoient trop vîte lûs.

Je ne connois qu'une circonftance de la vie où l'on puiffe donner beaucoup de plaifir, & en avoir beaucoup : dans tous les autres cas, il faut, ce me femble, prendre infiniment de peine pour être utile ou agréable. Ce font des doutes, Monfieur, que je vous foumets;

vous avez plus de raison & plus d'expérience que moi. Cependant comme je suis fort pareſſeux, je crois que ce que j'ai fait, m'a peu coûté. Un Peintre montroit un Tableau à Apelle, & lui diſoit : je l'ai achevé dans huit jours. Il falloit, répondit Apelle, mettre plus de temps & mieux faire.......... Il eſt très-difficile de plaire : vous penſez ſans doute comme moi, que beaucoup de gens aujourd'hui ont leur eſprit en argent comptant.

Tel homme dans un cercle s'empare de la converſation, juge, blâme, fronde, ne loue que lui, & n'a jamais lu deux pages de ſuite comme il falloit les lire. Pendant que cet impertinent parle tout haut, on ſe reſſouvient de Monteſquieu, & l'on dit tout-bas : » Heu-
» reux celui qui a aſſez d'amour-propre pour
» ne dire jamais bien de lui, qui craint ceux
» qui l'écoutent, & qui ne compromet jamais
» ſon mérite avec l'orgueil des autres ! »

Il eſt une autre eſpèce d'êtres inutiles, plus inſupportables encore ; ce ſont les gens aux trois quarts & demi ignorants, qui n'eſtiment que Racine & Corneille, parce qu'ils ont entendu dire qu'il faut les eſtimer ; qui mépriſent tout ſans l'avoir lu ; qui parlent de tout ſans l'entendre ; qui jouent ſur le mot ; qui

font des calembours & des pointes émouſ-
fées, & qui rient ſans ceſſe pour eux & pour
ceux qui les écoutent.

On faiſoit compliment à une Courtiſanne,
ſur la manière leſte dont elle venoit de dé-
pêcher un Financier qu'elle avoit ruiné dans
trois mois : que voulez-vous, dit-elle ? ces
Meſſieurs veulent être adorés : c'eſt cher. Il
faudroit que les Meſſieurs dont je parle, qui
veulent être amuſants, perdiſſent dix louis
ſeulement toutes les fois qu'ils ſont ennuyeux;
ils ſe reſſouviendroient du mot de Mademoiſelle C. . . . ., c'eſt cher. Au bout d'un an leur
patrimoine, quel qu'il fût, ſeroit abſorbé.

Il y a des mots pleins de grace & d'eſprit,
qui plaiſent à tout le monde, mais qui ne
reſſemblent pas plus à des calembours, que
la Vieille qui empêcha Robert d'être pendu,
ne reſſembloit à la Fée Urgelle. Tel eſt, par
exemple, celui qu'on attribue à M. de Crillon,
qui fit dire à un mari dont la femme avoit eu
des bontés pour lui, qu'il avoit quelque choſe
à remettre à Madame. Adieu, Monſieur, il
faut laiſſer le monde comme il eſt, gémir ſur
la condition des hommes, & tirer le meilleur
parti qu'on peut de l'inſtant qu'on eſt con-
venu d'appeller l'exiſtence.   Que

Que ce Philofophe-Berger *,
  Qui dans les champs jufqu'à nonante
Donna le bras à fa champêtre Amante ;
Qui foupoit & couchoit fur l'herbe d'un verger;
  Qui ne rêvoit que moutons & houlette,
Qui portoit à fon col fon agrefte mufette.
  Et fut Pafteur en cheveux blancs ;
Dut, à mon gré, paffer une vie amufante !
  Et que fa fin me femble édifiante !
Sans regrets, fans remords, comme fort peu de
      gens,
  Un beau matin, dans la campagne,
Sur le bord d'un torrent, auprès d'un petit bois,
  Son antique & fimple compagne,
Les yeux mouillés, pour la derniere fois
  Lui fit entendre fon hautbois.
  Sechez vos pleurs, mon Eugérie,
Lui dit le Pâtre, à fes derniers moments ;
Confervez-vous encor un ou deux ans,
  Pour notre chere Bergerie.
  Je vais dormir entre ces monts
Où nous fîmes fouvent tous deux de la mufique;
  Le fite en eft mélancolique,

---

* Des Iveraux.

B

Menez-y paître vos moutons ;

Je vous attends sous ces gazons.

Il rendit l'ame en disant, je vous aime.

Puissions-nous tous vivre & mourir de même !

TRADUCTION LIBRE

DE QUELQUES VERS DE DRYDEN.

L'AMOUR agit différemment ,

Suivant les ames qu'il inspire :

Dans les naturels doux, son feu moins pénétrant,

Est doux comme votre sourire ;

Il ressemble à l'encens que l'on brûle aux Autels

Des Immortels.

Les ames violentes

Brûlent en proie aux flâmes dévorantes !

Le vent des passions vient augmenter encor

L'audacieux essor

De ce feu qui s'élance

Impétueusement ,

Et qui brûle orgueilleusement... ;

Ma chere Hortense !

AMOUR PATERNEL.

QUAND Bajazet apprend le trépas de son fils
  Par Tamerlan mis à mort dans Sébaste,
Il dresse un monument, funèbre & dernier faste:
Il s'enferme, il gémit, tout répete ses cris.
Ses larmes, sa fureur présentoiént le contraste
Des sentiments divers qui troubloient ses esprits:
Tes yeux ne verront plus, disoit-il, ton cher fils;
Tu ne reverras plus la Ville de Sébaste.

Lorsqu'avec une armée il cherchoit Tamerlan,
Un Berger fredonnoit un air sur sa musette ;
Bajazet l'apperçut : l'infortuné Sultan
Reposa sur le Pâtre une douleur muette.
Le Monarque envioit peut-être son destin.
Il l'appelle, & lui dit d'une voix attendrie :
  Heureux Pasteur ! mon ami, je te prie,
  Dans tes chansons, prends ces mots pour
    refrein ;
» Malheureux Bajazet! sous ce bois sombre & vaste
» A ma flûte plaintive unis, mêle tes cris,

» Tu ne reverras plus Ortogule ton fils,

» Tes yeux ne verront plus la ville de Sébaſte.

A MADAME Sᵀ. H.

Sage & brillante Enchantereſſe,

   De Polymnie éleve & ſœur,

De mes ſens ſuſpendus ſouveraine maîtreſſe,

   Dont les accents vont de l'oreille au cœur;

Combien j'eus redouté pour Ulyſſe le Sage

Ton goſier ſi fléxible & tes tendres accords!

Au mât de ſon vaiſſeau, par le milieu du corps,

Au lieu de s'attacher pour trouver le rivage,

     Il auroit fait de doux efforts

     Pour s'approcher de toi, je gage;

   Et je ſuis ſûr qu'il auroit fait naufrage,

     Plutôt que de quitter tes bords.

Ulyſſe, comme on ſait, étoit pourtant ſauvage:

     Les Syrènes qu'il entendit,

     Comme il voguoit vers ſa Patrie,

     Malgré ce que nous en a dit

     La riante Mythologie,

     Ne chantoient pas comme Gluck fit.

Chanter depuis Iphygénie.

Les Syrenes qu'Ulyfle vit,

Je le parierois fur ma vie,

N'avoient pas ce regard qui tous les foirs féduit

Le public affemblé dont les mains à grand bruit

Parlent plus haut que les cris de l'Envie.

Pour moi je n'emportai jamais de l'Opéra

Que le regret de t'avoir entendue :

J'aurois voulu qu'Armide defcendüe....

Je me tais pour raifons. Heureux qui t'aimera !

S'il eft aimé toutefois, je m'explique ;

Plus que Roland, furieux il fera ;

Plus fou que lui fans doute il deviendra,

S'il eft quitté par une autre Angélique.

———————————————————————

A MONSIEUR

LE Pᶜᴇ DE P......

J'AUROIS voulu, dans des vers bien tournés,

Elégants, doux, fans peine façonnés,

M'entretenir avec vous deux minutes ;

Vous rappeller nos anciennes difputes,

Où vous aviez toujours raifon,

Et c'eft très-vraifemblable ;

B iij

Vous étiez le plus raisonnable ;
Et vous pouviez m'envoyer en prison.
Si j'avois eu la tête un peu meilleure,
Nous eussions été fort amis ;
Mais, entre nous, je m'étois bien promis
De retarder le plus que je pourrois cette heure
Qui me devoit corriger tout-à-fait.
La sagesse aujourd'hui me séduit & me plaît ;
Je lui trouvois alors le front un peu sévère :
L'âge change les goûts, l'heure enfin a sonné ;
Ce flambeau de raison qui maintenant m'éclaire
Ne m'a point ébloui par sa vive lumiere ;
Il m'a lui par dégrés sans m'avoir étonné.
Oui, j'avois tort, la chose est véritable :
Vous le voyez, j'en conviens à présent.
D'ailleurs, quand vous vouliez, vous étiez très-
aimable,
Quelquefois assez bon enfant,
Et vous aviez le cœur, oh ! le cœur excellent.
J'ai du plaisir à vous faire justice.
Quant à moi je suis corrigé :
Prince, j'ai fait mon sacrifice :
J'ai pourtant du regret de me voir si changé !

A MADAME...

INTENDANTE DE...

CERTAIN foir, très-décidément,
A certain fouper très-friand,
Je vous promis que fi par aventure,
Il arrivoit ici le moindre événement,
Vous le fauriez très-promptement,
Toutefois en prenant lecture
D'un petit billet très-galant,
Tracé par moi très-clairement.
Je n'ai point eu l'honneur de vous écrire
Vû que jufqu'à préfent
Il n'eft pas furvenu le plus mince incident
Où l'on pût raifonnablement
Trouver le petit mot pour rire.
Mais je pourrai très-décemment
Vous amufer en vous contant l'hiftoire
Et fi fcandaleufe & fi noire,
Qui déshonora l'an paffé
Cette pauvre Madame Affé,

B iv

Qui me quittant par fantaisie,
Perdit le fruit de son hypocrisie.
On la proposa fort long-tems
Aux jeunes filles de quinze ans
Comme un modele de sagesse ;
Car la Dame avoit eu l'adresse
De cacher ses déportements ;
Elle y mettoit de la finesse.

Je vous raconterai cela en prose, Mada-me ; ce sera plus aisé pour moi, & plus clair pour vous. Le premier qu'elle se donna après son mari, fut un grand Monsieur de... qui n'avoit pas l'esprit qu'il faut pour le dire. Un beau diseur qui lui succéda étoit sur le point d'en faire part à tout le monde, lorsqu'il fut obligé de partir pour la Jamaïque. En con-séquence, il se borna à en instruire les poissons & la mer, & tout l'Equipage. Sur ces entrefaites, j'arrivai : vous me connoissez, Madame, & vous êtes bien sûre que je n'en parlai à personne. Madame Assé m'avoit don-né son portrait ; elle se mit dans la tête que je l'avois montré : pour ne plus être exposé de semblables discussions, je le lui rendis, & nous nous quittâmes les meilleurs amis du

monde. Madame Affé, qui ne me confultoit
plus fur rien, prit à la fin de l'Automne ce
petit Chevalier de ... lui donna ce même
portrait, & lui écrivit deux ou trois lettres
inimitables.

Le Chevalier eft malheureufement fou de
Peinture & d'Eloquence ; il montra le portrait à tous fes bons amis du Palais Royal
& des Thuileries, le fit circuler au foyer
de l'Opéra pendant une Repréfentation d'Armide, en jurant fes grands Dieux, que jamais de la vie on n'avoit peint comme ça;
& fit imprimer les lettres, parce qu'il prétendoit qu'aucune femme n'avoit auffi bien
écrit depuis Madame de Sévigné.

A LAIS.

Non à Laïs dont autrefois Athènes
Idolâtra les doux appas ;
Non à celle que Démofthènes
Voulut avoir, & qu'il n'eut pas ;
Mais à la Courtifanne infâme,
Le vil rebut de tout Paris,

Objet dégoûtant de mépris,
Qui vend une impudique flâme;
Qui souille en ses embrassemens
De son souffle infect & sordide
Celui qu'égarerent ses sens;
Et qui de l'or sangsue avide,
Dans sa sale lubricité,
Dans sa débauche crapuleuse,
Effarouche la Volupté,
Qui pourtant n'est pas scrupuleuse.
Mes chers Amis, en vérité,
Je reclâme votre indulgence:
Ce Portrait a, je crois, beaucoup de ressem-
        blance;
Mais il est, ce me semble, encor un peu flatté.

COUPLETS

A Madame la Marquise de B ...

POURQUOI du jour au lendemain
    Me remettre sans cesse?
Doris, ne laissons pas en vain
    S'écouler la Jeunesse.

Demain m'aimerez-vous autant ?
  Serai-je aussi sincere ?
On fait un larcin au présent,
  Chaque jour qu'on differe.

Sachez qu'un an de dignité,
  Perdu pour la tendresse ,
Ne vaut pas la félicité
  D'une nuit de foiblesse :
Et retenez bien en ce jour,
  Qu'une mine jolie
Fait contracter avec l'Amour
  Des dettes pour la vie.

A MADAME

LA COMTESSE DE LA CH..,.

QUI SE NOMME MARIE.

VOTRE Patrone ici-bas si fêtée,
  Autant que vous n'eut point d'appas :
En Paradis tout droit elle est montée,
  Et cela ne me surprend pas :

Elle eut un fils qui vint sauver la terre,
Vous en avez mis un au jour,
Dont on devinera la mère
Si ce fils reſſemble à l'Amour.

A MONSIEUR DE F...

Abbé Commendataire de V...

TANDIS qu'un Tibulle à la main,
Recueilli dans votre hermitage,
Vous couvrez de fleurs le chemin
Qui conduit au ſombre rivage,
Que vous ſablez le Chambertin,
En attendant le grand voyage,
Pour lequel l'aveugle Deſtin
Embarque tout le genre-humain,
Sans diſtinguer le rang ni l'âge :
Cher Abbé, recevez l'hommage
De cet obſtiné libertin,
Que vous prêchâtes tant en vain,
Et qu'en perdant votre latin,
Vous aimiez tout autant que s'il eût été ſage.
» Le tumulte des paſſions,

Ce tribut que l'on paye à l'humaine foiblesse,
    Me disiez-vous, & ces illusions
        De l'effervescente jeunesse,
Laissent un souvenir qui meurt avant le tems :
        Après la fin de son printems
    L'homme n'a plus dans l'hiver de ses ans
        Qu'une triste réminiscence,
S'il n'a pas constamment pratiqué la vertu ;
        Cette longue persévérance,
            Immortelle jouissance,
    Se reproduit pour son cœur abattu. »
Ce discours est gravé dans mon ame attendrie !
    Et quand les jours d'ivresse & de folie,
        Auront fait place à la raison,
    Mon cher Abbé, cette utile leçon
        Sera la leçon de ma vie.
Mais je suis jeune, & me plais, je le sens,
A m'étourdir dans ce monde magique.
    Tout l'appareil philosophique
    Effraye un peu les jeunes gens :
La sagesse paroît une vertu gothique
    Aux yeux de ceux qui comptent vingt prin-
        tems.
Lorsque je sentirai le froid de la vieillesse,

Je ferai fage. Alors de ma folle jeuneffe
Mon cœur repaffera les tendres fouvenirs :
Dans mon obfcurité , ces tranquilles plaifirs
Redonneront du ton à mon ame engourdie ;
　Et quand enfin le temps arrivera
　D'abandonner mes amis & la vie ,
　Comme un jour pur ma courfe finira.
　Amant aimé des Filles de mémoire ,
　Faites toujours des vers , & des heureux ;
　　En vain de lâches envieux
　Voudroient ternir l'éclat de votre gloire.
　　Homere eut un trifte Cenfeur :
　Du Chantre Grec la mémoire facrée ,
De nos derniers neveux à jamais révérée ,
　Vivra toujours. Zoïle eft en horreur.
Tel cet aftre immortel , flambeau de la nature ,
Quelquefois s'obfcurcit fous un nuage épais ;
　De l'Univers éternelle parure ,
　Il refplendit plus brillant que jamais.

AU MÊME.

DANS vos jardins j'écris les derniers vers
Qu'a modulé pour vous ma Lyre paresseuse ;
    Sous la voûte silencieuse
    De vos ombrages toujours verds,
      J'appelle la sagesse.
Loin du fracas de ce bruyant Paris,
      Et de mes faux amis,
    Loin de ma parjure Maîtresse,
    Je pleure les égarements
    De ma fugitive jeunesse :
Et cependant, ô comble de foiblesse !
Le souvenir de mes premiers moments
      Est mêlé, je le sens,
    Et de douceur & de tristesse.
    Hélas ! les premiers sentiments
Seroient-ils donc ceux de toute la vie ?
N'oublierai-je jamais les coupables sermens
    Que me fit ma premiere Amie ?
Connoîtrai-je toujours les regrets renaissants
    Dont son inconstance est suivie ?

Ou la douleur, avant le tems,

Viendra-t-elle fermer ma paupiere affoiblie ?

Illuſtre Ami, vous le voyez,

Ma foibleſſe eſt toujours nouvelle;

Dans les pleurs mes yeux ſont noyés,

Mon triſte cœur nourrit une peine immortelle.

Dans vos entretiens conſolants,

Si remplis de Philoſophie,

Je retrouve cette énergie,

Cette fraîcheur de ſentiments;

Cette vigueur ferme, mâle, agiſſante,

Dons primitifs de notre Auteur,

Que corrompt, en dépit de l'éternel Moteur,

Notre nature inſuffiſante.

Mais quand j'aurai quitté cet aſyle ſi doux

Où je vécus avec un Sage,

A l'aurore d'un jour mêlé d'un peu d'orage,

Repouſſerai-je loin de vous

Les erreurs de mon premier âge ?

Tel protégé par un épais ormeau,

On voit ſouvent un fragile roſeau

Réſiſter aux efforts des Enfants d'Oritie;

Mais ſur l'ormeau la hache appéſantie,

Fait gémir les échos des monts,

Et

Et le bruit de fa chûte
Se prolonge dans les vallons :
Frêle jouet des fougueux Aquilons,
Contre eux en vain alors le rofeau lutte ;
Ses finueux balancements
Ne peuvent pas détourner fa ruine ;
Flexible en vain , il fuit les vents;
En tous les fens il fe ploye, il s'incline;
D'Eole furieux les longs mugiffements
Ont brifé fa racine.
Sous ces arbres courbés où nous errions tous
deux ,
D'où nous voyions de l'œil de la Philofophie
Le néant du moment qu'on appelle la vie ,
Et des humains fi malheureux
L'inquiétude & la folie;
Vous dédaignez , Artifte ingénieux,
Du luxe corrupteur l'enivrante féerie ;
Avec raviffement vous repofez vos yeux
Sur le gazon de la prairie
Qui borde en tout tems ces beaux lieux :
Loin des Prudes, des Demi-Dieux,
De qui la Tourbe vous ennuie ;
Loin des fots orgueilleux

C

Qui font fouvent la bonne compagnie,

Vous partagez vos loifirs amoureux

Entre le Champagne moufleux

Et votre Compagne fleurie ;

Et fi vous avez du vin vieux,

Vous avez une jeune Amie.

Quand vous lifez Emile, en méditant les traits

Dont Roufleau forma fa Sophie ,

Vous foupirez en penfant aux attraits

Que lui prêta l'Auteur de la tendre Julie :

Ofez me démentir ! Le Tafle une autre fois

Vous entraîne par fa magie ;

Et vous feriez embarraflé du choix

Entre la fière Armide, & la douce Hermynie.

Et vous nous dites fur le foir :

Heureux celui qui peut avoir

Entre fes draps femm_ jolie,

Dût-elle même nous tromper ;

Le goût des Arts , un bon fouper,

De tems en tems la compagnie

De quelque aimable Libertin ,

Un eftomac, & de bon vin !

Et moi je dis: Heureux fi je puis vous entendre

Tenir dans quarante ans un aufli beau difcours,

Et chanter d'une voix édifiante & tendre
Des Hymnes à l'honneur du grand Dieu des
Amours !

A MADEMOISELLE DE C...

L'Amour avoit perdu fa Mère.
Dans l'Olympe, à Paphos il porta fa douleur ;
Pour chercher Cythérée, il vola fur la terre,
Et le Fripon defcendit dans mon cœur.
Ce Dieu depuis long-tems avec moi s'humanife :
J'habitois avec lui fans redouter fes traits.
Ce n'eft qu'en voyant vos attraits
Que j'ai reconnu ma méprife.
Si cet Enfant fe familiarife,
Souvent quelque noirceur fuit de près fes bien-
faits.
Tiens, me dit-il, en vous voyant paroître,
J'en prends Mars à témoin, c'eft elle, c'eft Vénus :
Elle a changé de nom ; rufe ! foins fuperflus !
Son fils peut-il la méconnoître ?
Je ne fais fi mon cœur en impofe à mes yeux ;
Mais, foi de Dieu, je la trouve embellie,
Je ne la vis jamais fi fraîche & fi jolie :

Mais sur-tout quel regard! J'en serois amoureux,
　　Si l'on pouvoit avec décence
　　A sa mère parler d'amour ;
　　Mais on ne peut , en conscience ,
Idolâtrer qui nous donna le jour.
Pendant que Cupidon faisoit ce monologue ,
On dînoit ; moi j'étois timide, embarrassé ;
　　Je rougissois tout décontenancé ,
Aussi froid qu'un Colin de coulisse ou d'églogue;
　　Tant le respect m'en avoit imposé!
Et c'est bien naturel ! Mon esprit abusé ,
　　Croyoit dîner avec cette Déesse
Que l'on peint à son char attelant les plaisirs ,
Des sages ;& des foux tour-à-tour la maîtresse ;
Et de qui la ceinture enferme les désirs ,
Les passions, la crainte, & l'extase, & l'ivresse
　　Vous chantâtes enfin un air de la Didon
　　Qui ne put pas retenir son Enée.
　　Persécuté par Madame Junon ,
Le Troyen ne l'eût pas sans doute abandonnée,
　　Si cette Reine infortunée
Eût eu pour l'attendrir aussi bonne façon.
Bon-dieu ! me dit l'Amour, ce n'est point là ma
　　　　mère ,

Elle ne chante point auſſi bien que cela,

    Elle n'eſt point de cette force-là ;

Et d'ailleurs, en chantant eſt plus minaudiere.

Quelle voix ! que d'appas ! celle-ci s'embellit ;

    Çà paroît d'abord impoſſible :

On ſe laiſſe gagner par un charme inviſible ;

A ce timbre touchant l'ame s'épanouit ;

L'eſprit, le cœur, lés yeux, l'oreille, tout jouit.

    Ah ! qu'on eſt belle, alors qu'on eſt ſenſible !

De s'être ainſi mépris l'Amour eut de l'humeur,

    Il revola vers les bois d'Amatonthe ;

Il ne put déguiſer ſon dépit & ſa honte,

    Et ſe vengea ſur moi de ſon erreur.

    Il oublia, ceci n'eſt point un conte,

Ses flèches & ſon arc dans le fond de mon cœur.

RÉMINISCENCE.

EN ſoixante-dix-neuf j'avois paſſé l'été dans une ville de Province : j'étois fort jeune ; Mademoiſelle de . . . l'étoit auſſi. Nous nous étions promis de nous aimer toujours. Je revins paſſer l'hiver à Paris. Nous nous écrivions deux fois par ſemaine ; & chaque fois la Poste nous apportoit des serments & des transports nouveaux. Sur ces entrefaites, nous fûmes obligés, moi de voyager, & elle de se marier.

Je n'aurois jamais imaginé que ce grand mariage-là eût dérangé ma petite félicité. J'avois cru au contraire.... Mais dans ce monde on ne peut compter sur rien.

J'écrivis, on ne me répondit point; je n'écrivis plus. Plusieurs personnes à qui je parlai du mariage, me dirent que la Mariée étoit heureuse : comme j'ai le cœur fort bon, je m'en réjouis sincerement. Mademoiselle de... étoit excellente Musicienne : elle n'avoit pas infiniment de goût; mais le goût ressemble à l'expérience qui arrive avec le tems.

A quarante lieues de la Capitale, elle m'avoit souvent parlé de l'Opéra; Mademoiselle de.... aimoit l'Opéra.

A une représentation de Roland, où je ne pensois pas plus à elle qu'à m'aller noyer, j'apperçus dans une Loge des plumes sur une tête de connoissance. J'approchai, & malgré quatre ans je reconnus une de mes premieres inclinations. On connoît la force des pre-

miers engagemens. Je me troublai ; mais je
me remis: elle m'apperçut fur le champ ; il
me fembla qu'elle fe troubloit comme moi ;
mais elle fe remit auffi.

A fes côtés étoit un Monfieur, & ce Monfieur étoit fon mari : je n'y fus pas trompé
d'une minute. Je fus au foyer prendre une
glace, & je revins à l'amphithéâtre ; & quand
l'Opéra fut fini, je fis fuivre fa voiture.

Je fus la voir le lendemain : le mari étoit
forti, mais Madame y étoit : elle y étoit ...
vous dis-je. A deux heures je la quittai, parce qu'il n'y a fi bonne compagnie qui ne fe
quitte : à trois on m'écrivit : » qu'on étoit la
» plus malheureufe des femmes d'avoir man-
» qué à ce qu'on fe devoit ; que fans être pré-
» cifément folle de fon mari, on aimoit la
» vertu, pour la vertu même ; qu'on ne
» m'oublieroit jamais, mais qu'on ne vouloit
» plus me voir ».

Je vous laiffe à deviner ce que je devins :
cependant je me remis encore ; & tout en
m'habillant, il me paffa par la tête, qu'une
femme qui aimoit fon devoir plus que fon
mari, & qui n'aimoit pas fon Amant plus
que fon devoir, n'aimoit pas grand-chofe.

A MONSIEUR L....

JE m'adreſſe en ſecret à ma triſte Patrie ,
    Et je lui dis : quand ils ont des talens ,
      Tu déshérites tes enfans ;
Sur un fol étranger ils conſument leur vie ,
     Ils inſtruiſent d'autres climats
Qui priſent les vertus que tu ne connus pas.
Ils quittent à regret le lieu de leur naiſſance,
Le champ que cultiva la main de leurs ayeux :
     Marâtre & tyran odieux ,
     Tu déſolas leur exiſtence ;
Une main inconnue aura fermé leurs yeux ;
De ce qu'ils ont de cher ils regrettent l'abſence,
Et leur dernier ſoupir appelle la vengeance
     Du Souverain des Dieux.

Vous de qui l'éloquence auguſte, ſimple & fiere
Entraînoit dans Paris le Public enchanté ,
     Croyez-m'en , ils auront beau faire ,
    Mon cher Monſieur, vous êtes regretté.
C'eſt aux eſprits bien faits qu'il faut tâcher de
     plaire ;

Pafcal l'a dit , c'eft une vérité.

   Vous leur avez plu, je vous jure ;

   Tous ont reffenti votre injure ;

   Et quand vous nous avez quitté,

Quand vous avez cherché, pour conjurer l'orage,

Sur des bords éloignés plus de tranquillité,

L'eftime univerfelle étoit votre partage.

   Si le tombeau qui doit vous renfermer

   N'eft pas placé dans notre France,

Vous n'avez pas fujet de vous en alarmer,

Sur-tout après la mort, fi, comme je le penfe,

   Et comme on doit le préfumer,

   On n'a plus de réminifcence.

   L'Univers doit vous adopter,

   l'Univers eft votre Patrie ;

   L'Univers doit fe difputer

Le Philofophe & l'homme de génie.

RÉPONSE

DE MONSIEUR L....

J'AI l'honneur de faire à M. le Comte de T.L. mes remerciemens bien sincères sur les Vers charmans qu'il m'a envoyés. Je n'ai différé à lui en marquer ma reconnoissance, que parce que j'aurois voulu lui répondre dans la même langue : mais j'en ai perdu l'usage, soit par la glace de l'âge, soit par la multiplicité des détractions. Il m'est arrivé, comme à Mascarille, de ne pouvoir faire que le premier vers. . . . .

Je me bornerai donc à dire en prose à Monsieur le Comte de Til... combien je suis sensible à la marque Poëtique d'estime & d'amitié dont il m'honore. Les Poëtes sont toujours un peu flatteurs ; je trouve ici qu'il l'est beaucoup. Je ne m'enorgueillis point de ses louanges, quoique très-propres à chatouiller la vanité. Mais je le prie d'être bien convaincu de la vive & respectueuse reconnoissance avec laquelle je suis. . . . &c.

A MADAME

LA COMTESSE DE¡ TE...

DEs bords enchantés de la Seine
Vous venez habiter ces lieux,
Et vous êtes comme les Dieux
Que jadis adotoit Athêne,
Qui daignoient quelquefois vifiter les autels
Qu'avoient élevés les mortels
A leur puiffance fouveraine.
Lorfqu'on cache fous l'enjoûment
Tout l'efprit folide d'un Sage,
Quand, comme vous, on n'a de ce fexe charmant
Que les graces & le langage,
On ne dédaigne point le fpeétacle des champs,
Ni le Cultivateur, ni fon humble retraite :
Le Pafteur des troupeaux d'Admète
Confoloit les Bergers par fes divins accents.
Vous faites fouvenir de l'illuftre Emilie. *

---

* Madame la Marquife du Châtelet.

Qu'il est rare, & comme il est beau

De trouver une femme avec ce vrai génie

Qui fait abandonner le tranquille fuseau

   Pour Calliope & sa sœur Uranie !

J'estime assurément beaucoup l'art d'Arachné;

Mais l'art du grand Newton, mais l'art du grand

        Voltaire,

Il faut en convenir, ont des droits pour me

       plaire,

Qui se font mieux sentir à mon cœur entraîné.

Tandis que dans un char ces Dames, à la ville

Promenent leur ennui chez Beaulard, chez

      Bertin,

Vous viendrez, un Racine, un Buffon à la main,

Errer chaque matin dans ce champêtre asyle.

   Verny, sous tes riants berceaux

Que tous ses jours coulent dans le repos !

    Que du Léthé l'onde mourante

     Serpente avec tes eaux,

    Qu'il répande l'oubli des maux ;

   Que des plaisirs la foule intéressante,

A la voix de Pallas, habite ces côteaux !

    Puissiez-vous dans soixante années

Les ramener encor dans ce séjour ;

Et que le Ciel touché de notre amour,

Termine lentement vos nobles deſtinées?
Que les Dieux même ſoient jaloux
De conſerver leur plus auguſte image ?
Vous êtes leur plus bel ouvrage,
Nous les reconnoiſſons en vous.

AU ROI DE P...

CÉSAR a fait des Commentaires,
Et mon avis eſt qu'il fit bien.
Tant de Héros ne ſavent rien?
Si peu ſavent mêler les Palmes Littéraires
Au Laurier triſte, enſanglanté,
Du farouche Dieu de la Thrace?
Et la main d'Achille indompté,
N'a point écrit, n'a point peint avec grace:
Car ſans Homère, grand parleur,
Que je reſpecte fort, & qui par fois m'ennuie,
Nous euſſions ignoré les faits & la valeur
De l'Amant de Déidamie.
Grand Roi, grand Protecteur des Lettres &
des Arts,
Politique, Guerrier, Ecrivain & Poëte,

Héritier des talens , de l'ame des Céſars,
Et de la fermeté ſtoïque d'Epictete ;
   Des Aurelles , des Antonins,
   Dans tes Etats tu fais revivre l'âge ;
Et le ſceptre des Rois dans tes illuſtres mains
   S'eſt ennobli par ſon uſage.

   Vous avez ſenti , SIRE , que c'étoit à
Fréd.... à parler dignement de Fréd....
VOTRE MAJESTÉ a fait des Mémoires que les
Gens de goût liront avec plaiſir , & qui feront penſer les Philoſophes. Vous avez dé-
fait vos Ennemis , vous avez fait des Vers &
de la Muſique. Mécène de tous les Arts,
vous les avez cultivés tous ; & dans tous les
genres VOTRE MAJESTÉ a pu dire avec le
Corrège , ſun *Pittor Anche io.*

   Dans ce Palais que n'a point embelli
   A grands frais le luxe d'Armide,
Où l'on voit qu'un goût mâle & ſévère préſide
Aux loiſirs d'un Héros que n'ont point amolli
La Pourpre ni le Dais. Dans ces lieux où réſide
Un Philoſophe-Roi ſagement recueilli,
   D'Albunée ou de Tivoli
On croit voir bouillonner la caſcade rapide ;

Ce ruisseau qui promène une eau lente &
     limpide
Fait souvenir des flots & du crystal poli
     De la fontaine Aganyppide.

Heureux, SIRE , qui pourroit vous y con-
templer ! Heureux celui qui pourroit y faire sa
cour à VOTRE MAJESTÉ !

     Si le projet que j'ai conçu
     Plaît au Destin qui seul peut le détruire,
A cet aveugle Dieu , qui , sans être apperçu ,
Sur ce globe à son gré nous mène , nous attire,
Dont la main invisible en ce moment fait luire
     De mes Écrits les feux folets,
(Car c'est lui qui fait tout dans cette nuit pro-
     fonde ,)
     L'Auteur de ces Versiculets
Verra bientôt le plus grand Roi du monde.

A MONSIEUR DE M...

LE plus fameux des Hiftoriographes*,
Defcendu fur le Styx avec tant d'épitaphes,
　　Fut, comme on fait, votre prédéceffeur:
　　On fait auffi que ce même Voltaire,
　　　　Gloire du Monde Littéraire,
　　　　Vous appella fon fucceffeur.
　　Cela s'entend : & la Philofophie
　　　　Dort vous êtes l'un des Héros,
Pour vos menus plaifirs a fait naître les fots,
Dont la Caterve lit avec l'œil de l'envie,
　　Le Bélifaire & les Contes Moraux.
　　De ces gens-là fi l'impudence ennuie,
　　De tems en tems on aime leurs propos;
　　C'eft ia nuance. Ils fauvent de la vie
　　　　L'uniforme monotonie.
Ce Dorat fi gentil, plein de graces, Facond,
Qui dans fes derniers tems fut un peu trop
　　　　fécond, **

---

* M. de Voltaire fut Hiftoriographe de France.
** Il adreffa une Epître à fon eftomac.

Ils

Ils vous l'ont fait mourir. Senfible à la fatyre,
  Il fe fâcha quand il falloit en rire.
    Fontenelle, dans fes Chanfons,
    Qu'il accompagnoit de fa lyre,
    Qu'il accordoit fur tous les tons,
  Fut plus profond : il dédaigna d'écrire!
  A ces Meffieurs. Il fit très-fagement.
  Il faut laiffer P.... dans la boue.
Dans les fillons de l'air, lorfque l'Aigle fe joue,
Voit-il près des marais le Crapaud fe traînant ?
      Un Ruftre paffe,
    Et fous fes pieds l'écrafe.
De ma comparaifon vous entendez le fens :
LeCrapaud c'eft l'Envie,& leRuftre eft leTems.

A MADAME DE F...

J'Avois appris par mon expérience
  Que le Tems, à la main d'airain,
Dénouoit fourdement le nœud de l'exiftence,
Que les ans avec eux traînoient la décadence,
Et qu'aujourd'hui faifoit tort au jour de demain.
Je n'avois jamais vu qu'après foixante années,

D

Beaucoup de grace & de beauté,
Avec un grain de volupté,
Embellit encor les journées
De tant de Prudes furannées,
Et de tant de Laïs fanées :
Je n'imaginois pas qu'on eût encor ces traits
Dont l'enfemble, à vingt ans, donneroit des
        attraits ;
Qu'on eût trente-deux dents , & cette cheve-
        lure
Blonde comme aux premiers Printems ;
Enfin , qu'on pût garder auffi long-tems
Tous les préfents de la Nature.
Vous m'apprenez qu'on peut tromper le
        tems ;
Il détruit tout , il vous a refpectée.
Cette Ninon que l'on a tant vantée ,
Qui vécut deux fois quarante ans ,
Qui mourut avec deux Amants ,
Et qui plus eft , qui mourut regrettée ;
Dans fon fépulchre , à fes derniers moments,
Décrépite & défigurée ,
N'emporta pas les agréments
Dont fa jeuneffe avoit été parée.
Vous vivrez , j'en fuis fûr , plus d'un fiécle paffé

Et quand enfin de fa main meurtrière
Le Vieillard vous aura pouffé ,
Vous mourrez encor toute entière :
Pour moi, je vous le dis tout bas,
Si vous l'aviez voulu , je vous eus adorée.
D'honneur ! je vous eus préférée
A de moins doux & plus jeunes appas ;
Et ma vie eût été tendrement confacrée
A mourir , à renaître , à vivre dans vos bras.
Il eft certain que fi j'en regrette une ! ...
Mais cet efpoir eft à jamais détruit :
Ah ! je le crois, votre dernière nuit
Seroit pour tout le monde une bonne fortune.

A MADAME DE ....

Quand pour une terre étrangère
J'abandonnois & vous & le bonheur ,
Quand j'entendis l'heure dernière
Dont le fon triftement retentit à mon cœur ;
Je fentis vivement l'excès de mon malheur.
Ce facrifice néceffaire ,
Qui m'appelloit en Angleterre ,

D ij

Se confommoit avec douleur.

Las! je partis: à cette heure fuprême,

J'aurois voulu vous faire mes adieux.

Je n'ofai pas. Les pleurs de deux beaux yeux,

Les triftes pleurs des yeux qu'on aime,

Attendriffent un Voyageur :

Je me connois fenfible, & je craignis mon cœur.

Mais j'emportai votre brillante Image,

Le fouvenir que vous m'avez donné,

L'anneau qu'à fon Epoufe fage,

En des tems plus heureux, votre Epoux fortuné

Fit faire pour un autre ufage;

J'emportai ces cheveux dont fut long-tems orné

Ce front où fe peignoit votre ame,

Gages facrés d'une immortelle flâme,

Le plus noble des dons que peut faire une Dame

A fon Amant (s'il eft un peu bien né).

Mais je n'ai point gardé cette amoureufe lettre

Qu'un jour imprudemment vous me fîtes remettre,

Vous en fouvenez-vous ?... par certain Meffager :

Convenez-en ; le trait étoit léger.

Vous voulûtes que par la flâme
Ce doux écrit fût dévoré ;
Dieux ! quel pouvoir vous aviez sur mon ame !
Car j'obéis : le papier déchiré
Ne fut bientôt qu'une insensible cendre.
Tel loin de vous votre Amant consumé,
Pleure l'amie & si douce & si tendre
Qui relevoit son cœur inanimé.
Ce souvenir , cet anneau, votre image ,
Ce bracelet tissu de vos cheveux ,
Ce sentiment par qui je suis heureux,
Qui vous assure un éternel hommage ;
Ces monuments de mon bonheur ,
Je les conserverai tout le tems de ma vie.
Mais , dites-moi , ma belle Amie ,
Me garderez-vous votre cœur ?

RÉPONSE.

Non.

ANDROMAQUE
D'ALDOBRANDINY.

SONGE.

JE rêvois. A quelques lieues de Milan j'apperçus un bois ; au milieu de ce bois étoit un Pavillon d'une architecture extraordinaire ; les colonnes en étoient de marbre noir & blanc ; le périftile étoit tendu de noir. Une femme en fortit, les cheveux épars, la pâleur fur le vifage ; mais que ce vifage étoit beau ! Des crêpes épars çà & là couvroient fes vêtemens ; elle s'appuya filencieufement fur une urne d'argent, & tout-à-coup elle remplit la forêt de fes longs gémiffements.

Caché derrière un chêne, faifi d'une efpèce d'horreur, j'admirois.

Je croyois voir Artémife errer autour du monument de fon cher Maufole. Je retournai fur mes pas, & à quelque diftance de là je m'informai du nom de l'Héroïne de cette aventure. On me dit qu'elle étoit veuve de

Marcus Temperamenti , & qu'elle se nommoit Andromaque d'Aldobrandiny, issue d'une
des meilleures Maisons d'Italie ; qu'elle ne
pouvoit se consoler d'avoir perdu son mari ;
mais qu'elle recevoit bien les Etrangers. Comme il étoit un peu tard , je pris le parti de
m'y arrêter. J'y fus très-bien accueilli ; on me
donna un appartement , & sur le soir on me
servit un souper excellent. J'étois d'avis de
souper ; mais j'avois encore plus d'envie de
voir celle chez qui je soupois. Je demandai
si cela n'étoit pas possible : ses gens me dirent
que leur Maîtresse ne voyoit personne , à
moins que ce ne fût un des amis particuliers du défunt, ou quelques Artistes, comme , par exemple, un Musicien, ou un Poëte. Hélas ! Messieurs, je suis Poëte aussi ; ne
manquez pas de le dire à Madame Andromaque. Effectivement, le lendemain matin
je fus introduit.

Elle étoit assise sur des carreaux noirs ,
environnée de livres & d'instruments. Le
portrait du Signor Marcus étoit aux quatre
extrémités de l'appartement, dans quatre atti-
tudes différentes. On y voyoit les plus beaux
Génies de l'Italie , les plus grands Composi-

teurs, & les Cantatrices les plus fameuses. Il y
avoit une gravure en taille-douce de Madame Saint-Huberty, avec ces mots : *ó Cara !*
ó Bella ! Je tombai aux genoux de cette illus-
tre affligée ; & me croyant dans le Temple
des Muses & du Goût, j'en adorai la Divinité. Elle me releva avec un air doux , mêlé
de tant de tristesse , que j'en fus attristé moi-
même.

Seigneur , me dit-elle, mon Epoux est
mort ; il étoit d'une force d'esprit & de corps
prodigieuse , & cependant dans trois jours il
a revu ses Pères. J'espérois le suivre ; mais la
nature est plus forte que ma tristesse ; & je
suis réservée à le pleurer long-tems. Depuis
ce jour j'ai vécu avec ma douleur : cependant
vous désiriez me voir , j'y ai consenti ; vous
cultivez les Arts , & vous êtes Français.

Tout en répondant à ce compliment Poé-
tique, j'étois fâché de la force extraordinaire
dont avoit été doué ce mari tant pleuré : je
songeois aux obligations que contracteroit
un successeur. C'est bien fait pour inquiéter,
même dans un songe.

Madame , lui dis - je , le tems modé-
rera votre douleur , vos goûts la diminue-

ront , & la plus belle perfonne du monde
méritoit d'en être la plus heureufe. Elle rougit.

Mon rêve commence à devenir incroya-
ble , fans parler de fa longueur ; mais il finira
tout à-l'heure.

En nous féparant , je lui demandai la per-
miffion de la revoir le lendemain. Enfin ,
pour ne pas abufer de la patience de mes
Lecteurs , s'il y a quelqu'un d'affez complai-
fant pour me lire , j'y paffai un mois ; je lui
fis une déclaration d'amour ; ne pouvant pas
être Amant , j'offris prefque d'être Epoux.
Rien n'y fit. Tant de réfiftance m'ennuya.
Dans une heure de tems , je fus paffer l'hiver
dans une Ville d'Italie où les plaifirs étoient
affez vifs ; ce que j'y fis, ce que j'y dis , feroit
épifodique : je fuis preffé. En repaffant , fix
mois après, par cette même forêt, je vis avec
étonnement qu'à cette efpèce de Chapelle
qui y étoit auparavant , avoit fuccédé un petit
Palais d'ordre Tofcan. Tout y étoit riant , tout
y faifoit oublier les objets lugubres que j'y
avois vus. Je ne jugeai pas à propos d'entrer ;
mais je demandai le fujet de cette métamor-
phofe. On me dit qu'il en étoit de même au
Château ; qu'un peu de joie avoit remplacé

tant de deuil ; que l'Intendant du mort le faisoit oublier, & que tout en présidant aux possessions, il possédoit la Maîtresse. O volages fémelles ! m'écriai-je avec la Fontaine. Je me réveillai ; & je dis encore avec lui :

Tout bien considéré,
Vaut mieux Goujat debout qu'Empereur en-
terré.

A MONSIEUR

LE MARQUIS DE C...

JE vous connus fort enclin à médire,
Amateur distingué dans l'art de la Satyre,
N'ayant pas le défaut d'être trop indulgent,
Et jugeant sans appel assez sévèrement :
Je vous vis chansonner & la Cour & la Ville,
Bégaïant aux foyers le soir quelques bons mots,
Tenant souvent d'assez mauvais propos ;
Et toujours oubliant que l'art est difficile.
Vous avez de l'esprit duquel assurément
Vous pouvez faire un autre usage.

Quelle diable d'idée & bizarre & peu fage,
  D'aller chercher dans un Couvent
Une fille jolie, & lui faire un enfant,
  Sans la confulter, je le gage ?
 A l'avenir foyez plus circonfpect,
 Pour les Couvents ayez plus de refpect,
  Parlez moins par coquetterie,
  Ménagez-moi, je vous en prie;
Dans vos févérités foyez de bonne foi :
Dites un peu de bien de mes vers & de moi.

A MONSIEUR

LE VICOMTE DE C...

J'Apprends de vos nouvelles, Monfieur le Vicomte. Que vous êtes avide de gloire ! Dix de vos aventures feroient dix réputations.

Ici c'eft un portrait montré ; là c'eft un de vos gens en grande livrée, qui va & revient dix fois par jour dans la même maifon, fans avoir autre chofe à y faire que d'apprendre au Public ce que fon Maître y fait ; là c'eft une Lettre qu'on laiffe tomber fans s'en appercevoir dans une allée du Palais Royal ; la Lettre étoit signée ; c'étoit un bel & bon rendez - vous ; c'est justement celle - là qu'on perd. Mais ces petits incidents occupent pour un instant le cercle étroit où ils meurent.

Parlez-moi d'être pris sur le fait par un Sot qui clabaude son ignominie ! Ceux qui le font, & ceux qui ne le font pas, parce qu'ils sont mariés d'aujourd'hui, mais qui le seront demain ; tout le monde en rit. Ma foi, Vicomte, c'est du plus beau scandale ! C'est un coup de partie !

> Bien-tôt, crois-moi, tu te plaindras
> De ne plus trouver de Cruelle.
> Il est joli de faire une Infidelle ;
> Mais le prix le plus doux n'est point dans ses
> appas.
> Il faut, & j'aime à la folie,
> Avant de serrer ce lien,
> Que le mari sente la jalousie.
> Et que la Dame vende bien
> Ce qu'avec le tems elle donne.
> Avec plaisir alors je porte la couronne
> Que porterent mes Précurseurs ;
> La résistance enflâme les grands cœurs.

Dans ma jeuneſſe j'aimois la facilité ; les hauts ſentiments me faiſoient rire : mais on finit par goûter la vertu.

Tu devrois venir faire ici quelques tours de force : on ſoupe avec des Anglaiſes, qui n'entendent pas un mot de Français, mais qui les aiment à la folie. Je fus arrêté avant-hier au ſoir, ſur les neuf heures, dans Pall Mall, par un Gentilhomme Napolitain. Je crus, rien n'eſt ſi commun ici, que ce Mon-ſieur en vouloit à ma bourſe ; j'allois m'éxé-cuter, lorſqu'il me demanda en mauvais Fran-çais, ſi je voulois avoir du plaiſir : je lui dis que je voudrois de la ſanté, que j'avois mal à la poitrine depuis long tems, & que je re-gagnois triſtement mon lit. Il me paroiſſoit déterminé à s'attacher à moi : je le priai de vouloir bien remettre à un autre jour à faire connoiſſance. Ah ! s'écria-t-il !

Va, tu n'étois pas né pour le bonheur ;
De tes plaiſirs tu rétrécis la ſphère :
Qui n'a qu'un goût uſe bien-tôt ſon cœur ;
Et lorſqu'on eſt uſé, que fait-on ſur la terre ?

Je rentrai en réfléchiſſant au grand ſens

du quatrain de mon Gentilhomme : la vérité
du dernier vers me frappoit fur-tout ; j'étois
tenté d'en vouloir au Bon-Dieu , qui avoit
illuminé une ame auffi gangrènée.

Adieu , Vicomte.

É L É G I E.

Illusions de mon adolefcence ,
Doux preftiges de l'âge où tout fe peint en
    beau ,
Pourquoi m'abandonner ? Ah ! depuis votre
    abfence
J'ai difputé deux fois ma dépouille au tombeau.
    Reviens , féduifante magie ;
    Et comme un phofphore qui luit
    Dans les ténèbres de la nuit ,
   D'un jour plus pur viens éclairer ma vie.
   Quoi! pour jamais fuis-je mort au bonheur?
Le vuide affreux eft-il pour jamais dans mon
    cœur ?
   Le froid néant dans mon ame épuifée?
   Et de mes jours la trame eft-elle ufée ?
O Laure ! ton Amant pourra-t-il t'oublier ?
   Je ne veux plus facrifier

Sur les Autels d'un Dieu perfide,
Qui jusqu'ici s'eft fait un jeu de mes douleurs,
    Et de qui la main homicide
    N'a jamais effuyé mes pleurs.
Cet afyle à mes yeux autrefois plein de char-
    mes ;
N'a plus rien d'attachant pour mon cœur at-
    trifté :
    Ces Rofiers qu'elle avoit planté ,
    Je les arrofe de mes larmes.
Quand affis autrefois à l'ombre d'un palmier
    Je m'endormois auprès de ce Bocage,
    La Tourterelle & le Ramier
    Me réveilloient par leur ramage :
    Philomèle par fes concerts
    M'infpiroit cette rêverie,
    Cette douce mélancolie,
    Source féconde de mes vers.
D'un clair ruiffeau le rapide murmure
    Sembloit précipiter mes chants ;
    Et je donnois à mes accents
    Le feul art qu'apprend la Nature.
Si quelquefois de mes humides yeux
    Je fentois tomber quelques larmes,

Elles avoient pour moi des charmes :

En pleurant on peut être heureux.

Maintenant ſi je veux d'une main téméraire

Cueillir ce vain laurie: que diſpenſe Apollon ,

Ce laurier qui depuis Voltaire

Se transforme en cyprés dans le ſacré Vallon :

Si je me reſſouviens qu'au Temple de la gloire

Par le Dieu je fus entendu,

Sourdes pour moi, les Filles de mémoire

Ont retiré la main qu'elles m'avoient tendu.

Filles du Ciel, préſidez à ma vie :

Ah ! que je puiſſe encor ſavourer quelquefois

La noble mélodie

Des doctes ſons de votre douce voix !

J'ai beſoin d'une erreur , trompez-moi, tout

m'ennuie .

Remplacez , s'il ſe peut, l'irréparable Amie

Que m'ôta la Parque ennemie.

Ces murs ſont habités par le deuil & l'effroi :

Un fantôme funèbre y marche autour de moi,

Et me reproche de ſurvivre

A l'objet du plus tendre amour.

Ombre chère à mon cœur juſqu'à mon dernier

jour,

Ton

Ton Amant va bientôt te fuivre.

Sur un Ormeau que l'outrage des tems
A dépouillé de fon feuillage antique,
L'Oifeau des nuits par fes lugubres chants
Remplit les airs d'un fon mélancolique.
Ce ruiffeau qui couloit jadis parmi des fleurs ;
Le mobile miroir de celle que je pleure,
S'approche lentement de ma trifte demeure,
    Et me femble rouler des pleurs.
O Laure ! les chagrins que ton Amant endure ,
    Le regret d'exifter fans toi ,
Contriftent à jamais fon cœur & la Nature :
        L'Univers eft en deuil pour moi.
        Lorfque la mort prématurée
        raviffoit à mes embraffements ,
        J'ai vu ton ame égarée
    Chercher la mienne en tes derniers moments;
Je te promis alors que ta tombe facrée
        Enfermeroit mes fentiments.
Monuments des travaux des Rois de l'Har-
        monie,
Livres où font gravés en des traits immortels,
Ces fublimes écrits qu'inventa le génie
    Qui mérita d'obtenir des Autels;

                                E

Vous ferez les feuls Dieux de mon ame attendrie
    Prolongez mon enchantement ,
    Et que j'oublie en vous lifant
Les malheurs dont l'Amour a parfemé ma vie.
    Adieu jeuneffe , adieu plaifirs ,
    Et cette enceinte folitaire
    Recevra mes derniers foupirs.
  Je ne veux point de pompe funéraire :
  Je ne veux point qu'en marbre de Paros
On m'élève un tombeau comme aux ombres
    fameufe s ,
    Chargé d'Epitaphes pompeufes :
    Sur la pierre on lira ces mots :
Amants qui foulerez cette cendre paifible
Il pleura conftamment une jeune Beauté :
Des vertus & des arts il fut l'ami fenfible ,
    Et mourut avec fermeté.

A MONSIEUR

LE VICOMTE DE S....

J'Avois défiré, Monfieur, que des Vers
que vous aviez trouvés agréables, fuffent
remis a celle qui me les avoit infpirés ; votre
fuffrage m'avoit garanti le plaifir qu'ils feroient. Votre politeffe auroit elle égaré vos
lumières ? Revenu à un fentiment plus jufte,
n'auriez-vous point condamné mes Enfans
infortunés à l'oubli ?

Tandis que vous faites de jolis vers, &
l'agrément de la Société où vous vivez ; ifolé
dans ces lieux où le Prieur d'Oléron nota des
airs fi doux, je ne puis retrouver fon luth, que
les Amours brûlerent fans doute en pleurant :
la Mufe qui venoit errer avec un chapeau de
fleurs fous ces maronniers, & qui n'eut jamais
de fecrets pour lui, ne m'infpire rien :

On dit qu'au Goûteux expirant
Elle promit en gémiffant
De ne jamais avoir d'Amant.

Combien avec l'univerſel Voltaire
Elle ſe repentit du ſerment téméraire
 Qu'elle avoit fait au Chantre octogénaire !
  O que Chaulieu ſeroit jaloux,
   Si ſes mânes en courroux,
   Du fond des demeures ſombres,
   Où dorment les pâles ombres,
  Pouvoient remonter parmi nous !
 On conte auſſi que jadis dans la Grèce,
La parjure Immortelle au vieillard de Téos
  Avoit fait la même promeſſe :
 Mais c'eſt peut-être un fort mauvais propos.

Quoi qu'il en ſoit, cette fois-ci elle a juré par le Styx de ne plus revenir. Je parierois qu'elle tiendra parole. Il eſt ſi difficile d'écrire aujourd'hui, parce qu'on a tant écrit ! On a tout dit, on ne peut guères que rajeunir le coloris, & retourner les habits que portoient ceux qui ſont venus avant nous : un petit nombre d'hommes auront ce talent. D'ailleurs, je crois que pour être lu, il faut être gai, c'eſt-à-dire heureux : un petit nombre d'hommes le ſont.

Quel homme à ſes revers s'oppoſa le courage !

Mais on survit enfin à sa vertu :
Semblable à l'arbrisseau lutant contre l'orage,
Par l'Aquilon bientôt sur le sablé étendu.

Que l'Amant dans sa douce ivresse,
Du Dieu qui fut Berger implore les faveurs !

De sa couronne il détache des fleurs,
Il en pare celui qui chante sa Maîtresse.
Si Tibulle autrefois dans la Langue des Dieux
Soupira ses Chansons aux pieds de sa Délie,

C'est que Tibulle étoit heureux ;

Sa voix étoit l'écho de son ame attendrie.
Vous me rappellerez les exemples fameux
De Gallus délaissé, de Sapho gémissante :
Les malheurs confiés à leur lyre touchante,
Feront verser des pleurs à nos derniers neveux ;
Le sentiment parloit par leur voix éloquente :

Mais cet exemple est, je crois, dangereux.
Vous à qui la santé, le plaisir & la joie,

Filent des jours d'or & de soie,
Ecrivez le matin quatre ou cinq billets doux,
Ayez le soir quatre ou cinq rendez-vous,

Ayez des nuits délicieuses
Avec des femmes vertueuses ;
N'en parlez que de tems en tems :

Et quand la mort viendra finir cette Féerie,
Ayez le bon efprit d'abandonner la vie
Comme mouroient jadis tous les honnêtes gens.

A ARMIDE,

*A qui je montrois un peu de Mythologie,
& avec qui je relifois Télémaque.*

VOus valez mieux, malgré quelques travers,
Que l'antique Vénus de l'antique Idalie,
Qui, quoiqu'elle ait forti de l'écume des Mers
    Aux premiers jours de l'Univers,
Trouve encor le fecret d'être jeune & jolie;
    Et qui, par maint faifeur de vers,
    A tout propos eft rajeunie
Cette Eucharis que le doux Fénelon
Peignit, fans s'en douter, d'un crayon fi pro-
    phane,
Ne vous vaut pas. Daphné, Syrinx, Diane
Quoiqu'elle foit propre fœur d'Apollon,
N'ont pas vos yeux; encor moins la Déeffe
Qui préfide, dit-on, à la trifte fageffe.

D'ailleurs cette Vénus eut jadis le Dieu Mars :
Revenant quelquefois d'affronter les hasards,
  Couvert de sang & de poussière,
 Comme un Blondin caressé dans ses bras,
Elle prostituoit, homasse Chevalière,
A sa sanglante main ses célestes appas.
Cela prouve, à mon gré, peu de délicatesse.
  Je sais fort bien qu'une Déesse
  N'y regarde pas de si près :
J'en ai connu dont les gentils attraits
Ont été prophanés par des magots... Silence !
Je parle devant vous, & les femmes, je pense,
  Estiment peu les indiscrets.
Eucharis a du bon : ce petit Télémaque,
Comme Monsieur son pere, aima trop son
  Ithaque.
 Bon-Dieu ! quel sot ! Fuir l'immortalité,
Les Nymphes, Calypso, pour deux rochers
  de Gréce !
Mais Fénelon sans doute a trompé ma jeunesse,
  Et n'a pas dit la vérité.
Pour Syrinx & Daphné sont deux franches Bé-
  gueules,
En Laurier, en Roseau, se faire transformer

    E iv

Pour fuir deux Dieux qui vouloient les aimer !
Je crois que dans ce siècle elles seroient les
   seules.
Vous-même, j'en suis sûr, malgré votre vertu,
 Après avoir quelque tems combattu ,
N'eussiez point demandé cette métamorphose :
 Car exister est enfin quelque chose.
 Que dites-vous de la sévérité
  Qu'eut autrefois la cruauté
  D'exercer la triple Déesse ,
Si peu cruelle avec Endymion ,
 Qui fit un Cerf de ce pauvre Actéon,
Parce qu'il eut un jour la mal-adresse
  De surprendre la Déité
  Prenant un bain de propreté ?
Ce caprice est un peu d'une simple mortelle :
Quoique pourtant il soit permis lorsqu'on est
   belle
 De faire un, deux, trois, quatre, cinq heureux,
Sans vouloir se montrer à nud à tous les yeux.
Que vous eussiez puni le Chasseur téméraire ,
S'il vous fût arrivé ce petit accident !
Il n'eût jamais revu la Beauté solitaire
  Qu'il trouva rafraîchissant

Son beau corps dans l'onde claire.
Je m'en tiens à mon fentiment.
Vous valez mieux que la Mythologie,
Que ces Divinités, Filles de la Féerie.
Je fais bien plus de cas
De vous que de Pallas,
Qui, trop fage, n'a pas
Pour moi beaucoup d'appas.
O vous que j'aime,
Que j'aimerai jufqu'à mon jour fuprême,
(Du moins je le crois à préfent ,)
Je vous cherche inutilement:
Vous ne reffemblez qu'à vous-même.

CLÉON, A FLORICOURT.

RÉFLÉCHISSEZ, Marquis. Du monde revenu,
J'ai revu le séjour qu'ont habité mes Pères :
Par l'amour du vrai beau consolé, soutenu,
De ma raison ici j'étendrai les lumières ;
 Jusqu'à présent à moi-même inconnu,
 Et revêtu de formes étrangères,
Je n'ai point distingué les lueurs mensongères
Du faux d'avec le vrai. Mon esprit prévenu,
De nos travers communs n'a point vu les chi-
  mères.
A cinq lustres bientôt sans objet parvenu,
J'expie avec regret des erreurs passagères.
 Mes Maîtresses m'ont trahi ;
 Trompé par un faux Ami,
 Mon cœur plein de sa tristesse,
 A redouté l'amitié,
 Et renonce à la tendresse :
 Mais sans cette enchanteresse,
 Notre inutile jeunesse
 Est trop longue de moitié ;

Et fans l'autre, la vieilleffe
N'eft digne que de pitié.
Unis dès le berceau par un lien fi tendre,
Vous me reftez, ô mon cher Floricourt !
Quand vous m'avez ravi l'objet de mon amour ,
De vous haïr fi j'ai pu me défendre ,
Notre union doit durer plus d'un jour.
Je vous permets de m'y reprendre.
C'étoit de la Morale, & vous vouliez m'apprendre
Qu'ici-bas tout fuit fans retour.
Venez tous deux embellir mon féjour ;
Je fuis guéri, je puis & la voir & l'entendre.
Convenez-en , Marquis, j'avois grand tort
De vous laiffer fi fouvent tête à tête.
L'efprit d'intrigue & de conquête ,
Sa beauté, vos défirs, mon étoile , mon fort,
Et la jeuneffe toujours prête
A faire fuccéder un effort à l'effort ,
Tout me préfageoit la tempête
Qui m'a frappé dans le Port.
Il eft bon de connoître un peu la jaloufie ;
C'eft l'amour-propre qui nous perd :
Le foupçon inquiet empoifonne la vie ,
Mais la précaution nuit moins qu'elle ne fert.

Mais des Amants la foiblesse est extrême.

Mais en aimant qui ne croit être aimé ?

Et qui ne porte pas en son cœur enflâmé

Au moins l'espoir qu'il est aimé de même ?

En se trompant, on aime à se tromper.

Tristes enfants, quelle est votre misère !

Si du grand jour l'éclat vient vous frapper,

Vos yeux mouillés repoussent la lumiére.

Pour moi je ne connoîtrai plus

Ce pénible & brillant délire,

Je ne nourrirai plus, & mon cœur en soupire,

Ni desirs ni regrets trop souvent superflus.

De ces Lacs stagnants l'eau dormante

Sera l'image de mes sens,

Et la paix qu'on respire aux champs

Remplira mon ame innocente.

Je ne formerai plus de souhaits impuissants,

Je n'aurai plus la crainte ni l'attente :

Je n'écouterai plus les essaims bourdonnants

Des Freluquets si peu décents,

Ni les propos extravagants,

D'une Catin impertinente ;

Ni les entretiens assommants

D'une Dévote médisante.

Ce Militaire racontant
    Si longuement,
Le cher Abbé si peu plaisant,
La morgue ignare & suffisante
D'un Histrion déraisonnant,
Ce Financier si gauche & si pesant,
Ne fatigueront plus ma vue impatiente.
Des Jardins, des Caffés, ce barbare Ecumeur,
De l'arbre Polonois par quartier Orateur,
Parasite importun, débitant des nouvelles,
    Nouvelles à la main,
Ne viendra plus dans mon chemin,
D'un habit recousu par de vieilles ficelles,
    M'offrir le tableau dégoûtant,
Qu'il traîne constamment depuis vingt-cinq
    années :
Je n'emprunterai plus à soixante pour cent !
    Je ne verrai plus des Poupées
    De cinquante ans,
    Et mes oreilles si lassées
Ne supporteront plus, grace à Dieu, des Pédants
    Les apophthegmes arrogants.
Des mœurs du tems cette esquisse légère
Ressemble, par malheur, trop à la vérité.

L'urbanité, le ton, l'efprit, le goût s'altère :

Depuis long-tems, mon cher, Paris s'eft bien
         gâté.

L'homme de bien végète, & le méchant prof-
         père,

Les rangs font confondus ; & la vénalité,

Le caprice, le luxe, ont détruit la barrière

Qu'avoient pofé le tems, & l'ordre, & l'é-
         quité.

J'ai vu l'audace, humble dans fa naiffance,

Elever par degrés un front fuperbe & dur,

     Et courir avec infolence,

     D'un pas orgueilleufement fûr,

Arracher aux talents, ravir à la conftance

     Des honneurs mérités ;

Par les travaux & le fang achetés ;

     J'ai vu s'éteindre l'efpérance

     Dans les cœurs contriftés.

     Et j'ai dit avec amertume :

     Infenfé celui qui confume

     Un tems fi court dans les ennuis !

Rempliffons doucement la tâche départie,

     Vivons pour nous au midi de la vie ;

Que Rome foit toute entière où je fuis.

Croyez-moi, Floricourt ; à la Philofophie

Appliquons-nous , corrigeons nos deftins ,

Et rendons les hochets que donne la Folie ,

Avant qu'ils tombent de nos mains.

Mais, difent ces Mefieurs, " que fait-on dans fa

Terre ?

On n'entend plus ni Gluck ni Picciny ,

Ni les concerts du Savant Sacchiny :

En vérité , ce pauvre un tel s'enterre ;

Mais tôt ou tard l'ennui le chaffera ,

Ce pauvre diable enfin nous reviendra.

On n'y voit pas ni Contat , ni Carline ;

Et qui plus eft, tendre Saint-Huberty ,

On n'entend pas ta voix prefque divine ,

Cet accent , & ce fon fi doucement forti ,

Et qui fi doucement va dans le fond de l'ame ,

Qu'il échauffe à longs traits de fa brûlante flâme.

" Mais qu'y fait-on ? me demande Alcindor ,

Aux blanches dents, au froid fourire ,

Qui n'a jamais , jamais fu lire , lire. "

On chaffe , on lit , on digère , l'on dort ,

On rend le calme à fon ame affaiffée ;

Cette ame fait jouir quand elle eft exercée ;

On voit des gens heureux, fots de très-bonne
    foi,

Qui ne font cependant pas auffi fots que toi.
Tout fait fpectacle à l'œil de la Philofophie ;
    Le Firmament, la Terre, & l'Eau.
On voit naître un Tilleul, & mourir un Rofeau;
Ces deux contraires font l'emblême de la vie.
    Sous Darius, un Courtifan,
  Poli, galanc, homme à bonne fortune,
    Autant que peut l'être un Perfan,
(Mais Monfieur Chardin dit qu'il n'en man-
    quoit pas une ;)
Ce Satrape, en un mot, avec beaucoup d'ef-
    prit,
  Fut exilé, malgré tout fon crédit,
    Dans le fond de la Bactriane.
    Le Vifir Artabane
    Lui porta les ordres du Roi,
Fit femblant de pleurer, & dit, comptez fur
    moi ;
    Vous favez combien je vous aime :
Et quinze jours après fut renvoyé lui-même.
Le premier fut cacher dans un trifte manoir
    Sa douleur & fon efpérance :

                  Ca^r

Car en Perse c'est comme en France,
Un Courtisan n'est jamais sans espoir.
Il s'ennuya beaucoup la première quinzaine ;
Il envoya deux Couriers à la Cour ;
Il erroit tristement tant que duroit le jour ;
Et la nuit, le sommeil, pour adoucir sa peine,
Ne venoit point fermer ses yeux.
Enfin se résignant, il reprit son courage,
De sa raison il essaya l'usage ;
Espérant un peu moins, il dormit un peu mieux.
Il écrivit, il aima la lecture,
Il aima ses Vassaux, les Arts & la Nature,
Il chassa loin de lui les regrets superflus ,
Et dormit tout-à-fait quand il n'espéra plus.
Il aima son exil, il eut une Maîtresse,
Le mieux seroit de s'en passer.
Le Roi le rappella ; mais il eut la sagesse
Et le bon sens de refuser.
Il mourut en serrant les deux mains de sa Belle ;
Le front, serein il prit congé :
Et quelque tems après dans les plaines d'Arbelle
Par Alexandre il fut vengé.
Que cette Histoire est sage , intéressante !
En l'écrivant mon cœur s'épanouit.

F

À la Maîtreſſe près , tout y plaît , tout inſtruit :

    Mais l'homme eſt foible , & le malin le tente.

Vous qui ſi fortement avez été tenté ,

Qui m'avez dérobé mon infidelle Amie ,

Je vous pardonne tout. Mais comme elle eſt jolie,

    Vous pourriez bien être quitté.

    Peut-être alors le goût de la retraite

    Vous viendra-t-il. De pareils accidents

Ont fait cet effet-là ſur maints honnêtes gens :

    Et des congés écrits à la toilette ,

Remis avec hauteur à de pauvres Amants

      Par une impudente Soubrette ,

      En font aller de tems en tems

De la Cour à la Ville , & de la Ville aux Champs.

Ici , mon cher Marquis , je finis mon Epître ;

Rabelais & Marot me ſervent de pupître.

Sur ma table de nuit j'ai quelques Directeurs

Qu'au matin , que le jour , que le ſoir je con-

      ſulte ,

    Qui de la vie , à mon ame en tumulte ,

Font ſentir plus ou moins les maux ou les dou-

      ceurs,

Je tourne quelquefois des yeux mouillés de

      larmes

Sur ces vingt ans que l'on n'a qu'une fois ,
Sur cet âge ſi plein de charmes
Dont on néglige ou dont on ne ſait pas l'emploi.
Je regrette l'objet aimable
Qui nous trahira tour-à-tour ;
Et j'eſpere que quand vous n'aurez plus d'amour,
Sous mes modeſtes toîts, devenu plus traitable ;
Vous me conſacrerez tout le reſte du jour.

A MONSIEUR

LE CHEVALIER DE D....

L'Autre jour je parlois de toi
A quelqu'un de très-reſpectable,
Et je diſois de bonne-foi :
Le Chevalier eſt fort aimable !
Il a même un excellent ton ,
Du ſavoir, peu de ſuffiſance ;
Il a de l'art , il orne la raiſon ,
Et diſpute avec éloquence.
J'en conviens , me répondit-on :
Mais il aime la médiſance ;

Pour le prochain il n'a pas d'indulgence ;
Je l'ai vu s'amufer en mainte occafion
Aux dépens du beau Sexe avec peu de décence.
Monfieur, je le connois ; il fe corrigera ,

  Ai-je dit avec affurance.

Fort bien, Monfieur! mais votre connoiffance,
Répartit-on , jufqu'alors flétrira
  Chaque fleur qu'elle touchera.

A MONSIEUR LE P.^{CE.} DE G...

CE Génois dont la folle audace
Découvrit un Monde nouveau,
Des vaftes Mers franchit l'efpace
Pour nous apporter un fléau.

L'Enchanteur qui féche les larmes
Du Pauvre, du Foible & des Rois,
Qui féconde au feu de fes charmes]
Les Palais, les Cités, les Bois ;

Dont la volupté douce & pure,
Dans les autres âges des tems,

Ame & germe de la Nature,
Confoloit nos premiers parents ;

Fille & Mère de cette yvreffe ,
Que rien alors n'empoifonnoit ,
D'un fiècle honteux de trifteffe
Que jamais l'homme n'achetoit ;

D'une affreufe follicitude
Maintenant mêle fes bienfaits ,
Qui fouvent à l'inquiétude
Font fuccéder de longs regrets.

Ainfi d'une coupable Mère
Quelquefois le fils innocent ,
Aux triftes excès de fon Père
Satisfera dès en naiffant.

De fa famille infortunée
Sans ceffe il expiera l'amour ;
A la Nature prophanée
Il fe plaindra de voir le jour.

Tels les rameaux dont se couronne,
L'arbre qui couvre ces Bergers,
Rébelles aux soins de Pomone,
Joncheront un jour ces Vergers;

Car son tronc porte en sa racine
Un poison lent & destructeur,
Qui chaque jour éteint & mine
Ses sucs, son ton, & sa vigueur.

Ainsi donc la Nature humaine
Tombe, se dissout, se détruit;
Et quand chaque jour nous entraîne
Au fond de l'infernale nuit;

Chaque jour sur notre existence
Accumule un fléau pésant,
Nous enlève une jouissance,
Et fait éclore un châtiment.

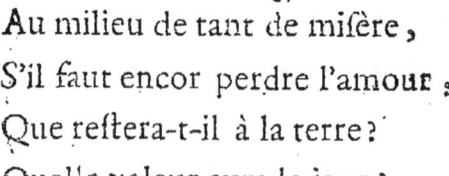

Au milieu de tant de misère,
S'il faut encor perdre l'amour,
Que restera-t-il à la terre?
Quelle valeur aura le jour?

EXTRAIT D'UNE LETTRE

A MADAME....

AU reſte, Madame, les gens qui ont voyagé en Italie & en Angleterre, ont tant fait, tant vu, & tant écrit de choſes qui n'étoient peut-être que dans leur tête, que je me bornerai à vous rendre compte ſuccinctement de celles qui m'ont frappé le plus, parce que je les ai vues plus ſouvent ; à vous entretenir des détails qui m'ont rappellé des ſouvenirs, ou qui m'en laiſſeront. Londres eſt une des plus belles villes du monde. Je la crois au moins auſſi étendue que Paris : les édifices n'y ſont pas à beaucoup près auſſi beaux ; on a cherché les commodités du dedans, & on a négligé paſſablement le faſte extérieur.

Le Roi eſt vraiſemblablement le Souverain le plus mal logé de l'Europe. Il n'y a nulle part des rues plus magnifiques & plus vaſtes. On y marche à pied toute l'année ſur des trottoirs pratiqués des deux côtés : cela présente, à mon gré, aux Philosophes une idée vraie & consolante. On voit qu'on s'y est occupé du Peuple, & que les hommes y sont comptés pour quelque chose.

Le plus grand luxe de l'Angleterre est dans les équipages & dans les chevaux. La Cour est simple & noble, & on peut y dire : heureuse la Nation qui est gouvernée par des Maîtres aussi polis !

Les Anglais se lient moins facilement qu'on ne fait en France. Je suppose que leur commerce est sûr, & leur amitié durable. Ils rendent peu, & exigent peu.

Toutes les fables qu'on débite sur les Artisans & le Peuple, sont autant de calomnies absurdes & de mensonges ridicules: cette espèce de gens-là est honnête comme ailleurs, aux formes près qui ne sont pas les mêmes qu'à Paris,

J'aurois désiré, Madame, non pas précisément comparer les Théâtres de nos voisins avec les nôtres, mais pouvoir juger à quel période de l'Art ils sont arrivés. Je ne m'aviserai point de décider cette question ; il faudroit plus de connoissance de la Langue que

Je n'en ai, un tact plus exercé, & une étude
plus réfléchie. Je crois qu'il est aussi impossible
d'établir une comparaison entre leurs Acteurs
& les nôtres. Ils diffèrent autant dans leur
Pantomime & leur déclamation que dans
leur costhume ; ce n'est point la même manière ; mais aussi le génie de la Langue n'est-
il pas le même. L'Opéra Italien m'a semblé
fort mauvais. Vous sentez bien, Madame,
qu'il eût été honteux à moi de ne point aller
voir de courses. J'en ai donc vu : il m'a semblé que les chevaux étoient un peu plus vîtes
qu'aux Sablons où à Vincennes ; qu'il y ré-
gnoit un peu moins de confusion ; mais les
aimables Français seront toujours un peu
bruyants. Les environs de Londres étonne-
ront sans doute un Étranger. Il y régne un
air d'élégance riche, de population & de
vie : l'œil se repose sur des surfaces agréables
& riantes, & n'y rencontre presque point ce
tableau de misere qui contriste & resserre le
cœur. Les chemins sont entretenus avec beaucoup de soin, & au lieu qu'en France on
croit voyager en poste, ici l'on y va véritable-
ment.

Vous avez lu quelquefois, Madame, dans

les Romans ces Defcriptions d'un Jardin
Magique ; vous vous fouvenez de ceux d'Armide & de Calypfo ; l'imagination fe refufe
à cette brillante Féerie : il eft poffible d'y
croire lorfqu'on a vu Kinfington.

Solitude agrefte, enchantée,
Voûtes de fleurs, abris délicieux,
Flots pareffeux de qui l'onde argentée
Influoit mollement fur mon ame agitée ;
Lieux infpirants, féjour voluptueux,
Vous attachez le cœur en étonnant les yeux.
J'ai cru fouvent, fur le foir d'un jour fombre,
Voir errer triftement au milieu de vos bois,
De ma Maîtreffe en pleurs la pâle & plaintive
ombre ;
J'entendois fes accents & j'y mêlois ma voix.
Arrête, lui difois-je ! & le fon dans l'efpace
Se prolongeoit filencieufement,
Et mes yeux cherchoient vainement
Du fantôme adoré la fugitive trace.

Il eft certain, Madame, que ce lieu fait
éprouver des fenfations inconcevables. Rien
n'eft plus fait pour faire bâtir des châteaux en

Espagne, pour amener l'illusion, & pour faire
souhaiter la réalité. Je ne vous parlerai point
de Renelagh & du Vaux-Hall, qui sont deux
Sallons où se réunissent tous les Ordres & tous
les âges, où l'on entend de la musique dé-
testable, & où chacun prend du thé comme si
toute la Nation s'étoit donné le mot pour
prendre médecine le même jour.

Vous avez sans doute entendu dire que
Saint Paul de Londres étoit un des plus beaux
monuments de l'Univers dans ce genre : il
n'est point au-dessous de sa réputation. L'architecture en est riche & variée ; l'édifice est
imposant par son étendue & ses détails : je ne
sais si Dieu y est servi mieux qu'ailleurs ; mais
je sais bien que c'est une des plus belles maisons qu'il ait au monde.

J'ai été aujourd'hui même, Madame, à
Wit-Hall, où il n'y a rien à voir, qu'une Chapelle qu'a bâtie, m'a-t-en dit, le Cardinal
Wolsey, dans le tems où l'Angleterre étoit
dans le chemin du salut. Je ne savois pas même que cette Chapelle existât ; le souvenir de
la mort de l'infortuné Charles premier qui fit
une fin qu'ont faite peu de ses Confreres, me
déterminoit à aller voir le théâtre de cette

sanglante Tragédie. Vous voyez, m'a dit mon guide en mauvais François, cette fenêtre où sont ces perruques; il y avoit effectivement dans la Sacristie, sept ou huit perruques, je ne sais pas trop pourquoi; c'est celle par où sortit le Roi quand il fut se faire couper le col. J'ai remercié ce Monsieur, & n'ai pu me défendre d'un petit sentiment quasi semblable à celui que j'eusse éprouvé si l'on m'eût parlé de la Saint · Barthelemi. L'intérieur de la Tour de Londres est intéressant. J'ai d'abord entré dans une salle d'armes, meublée aux dépens des Espagnols, dont apparemment on surprit le Camp. La Reine Elisabeth en cette occasion monta sur un beau cheval-isabelle, dont on voit l'effigie.

J'ai vu & touché, car j'aime à toucher, la hache qui trancha la tête d'Anne de Boulen. Plus loin sont Messieurs Henri VIII & Henri VII, dont le premier épousa six femmes, & le second sept. Il faut en vérité avoir la rage d'épouser. L'Arsénal est en bon état : les faisceaux d'armes y sont rangés avec une symmétrie méthodique. Ici ce sont des pistolets qui représentent le soleil; là ce sont des fusils qui ressemblent aux arbres touffus d'une épaisse forêt.

Il feroit inutile de vous dire, Madame, fous combien de formes fe préfentent ces entaſſements deſtructeurs. Je réfléchiſſois qu'il étoit aſſez bizarre d'arranger avec tant d'ordre, ce qui étoit deſtiné à déranger tant de gens; mais les hommes aiment l'art, ils mettent de l'art à tout. Sous cet Arſénal eſt une vaſte ſalle, dite d'Artillerie, où ſont de gros canons qui atteignent de loin; il y en a de plus petits qui tuent de plus près, mais qui tuent fort paſſablement auſſi. On m'a montré les bijoux de la Couronne : il y a un diamant au milieu du Sceptre, qu'on m'a dit valoir quinze cent mille louis ; il y en a d'autres d'un fort grand prix auſſi; mais comme je ne ſuis point Lapidaire, je paſſerai rapidement, ſi vous permettez, Madame, à la Ménagerie qui eſt dans le même enclos; & comme elle eſt fort meſquinement habitée en comparaiſon de celle de Verſailles, qui l'eſt aſſez mal auſſi, je vous parlerai tout de ſuite de Weſtminſter.

Je m'en étois formé une idée beaucoup plus magnifique. Plus j'avance en âge, plus j'apprends à me défier de tout croire ſur paroles. Les Voyageurs ordinairement éxagerent un peu ce qu'ils ont vu; semblables à ces gens qui s'étendent avec enthousiasme sur les perfections de leur Maîtresse absente. Malgré cela, l'Abbaye de Westminster mérite sans doute l'attention des Étrangers. C'est où sont les tombeaux des Rois & des Reines d'Angleterre, & de beaucoup d'autres personnes des deux sexes, qui, heureusement pour eux, n'ont été ni Rois ni Reines. J'ai vu deux mauvaises chaises, moitié bois, moitié pierre, sur lesquelles, m'a-t-on dit, on couronne les Rois à leur avénement. Ainsi cette cérémonie se fait dans l'enceinte où leurs cendres reposeront. Leçon frappante! elle rappelle le Monarque à l'instabilité des choses mortelles.

Il y a un portrait en cire de la Reine Elisabeth, qu'on dit être fort ressemblant. Si cela est, c'étoit une grande Reine, & même un grand homme; mais ce n'étoit pas une jolie femme. Ainsi ce Comte d'Essex qui fut long-tems son Favori, étoit plus ambitieux qu'amoureux. J'ai vu le tombeau d'un certain Comte d'Exeter, qui m'a fait rire, quoique dans le fait il n'y ait rien de moins risible qu'un tombeau. Il se maria deux fois, & dans les ennuis de son premier veuvage, il fit construire une triple tombe, pour l'épouse qu'il venoit de perdre, pour lui quand son tour arriveroit, & pour celle qu'il se disposoit à épouser. Il s'étoit réservé la place du milieu. Sa premiere femme ne put pas s'opposer à cet arrangement-là ; mais comme il mourut avant la seconde, qui apparemment n'avoit pas été contente de ses manières pendant sa vie, elle déclara qu'elle ne vouloit pas reposer après sa mort à côté de son cher Epoux. Ainsi l'intention du Fondateur fut trahie ; & si quelque jour il se réveille, il sera obligé de réunir toutes ses affections sur sa premiere Compagne qui couche à sa droite.

Ne trouvez-vous pas, Madame, que tous ces projets de sépulture sont le comble de la déraison ? Il y a ou de l'extravagance ou de l'orgueil à s'occuper de soi-même après la décomposition de son être, à moins qu'on n'ait eu un grand caractère & de grandes vertus ; alors la passion de laisser de grands exemples, se rapportant au bien général, fait trouver grace à ces monuments de vanité.

On en a nouvellement fait élever un superbe à la mémoire de Mylord Chattem qui

fut Ministre sous deux Rois, qui véritable-
ment étoit un homme de mérite, & qui fut
Père de Monsieur Pitt, Chancelier actuel de
l'Echiquier.

On voit le Ministre, de grandeur naturelle,
environné des Vertus Symboliques, telles
que la Prudence, la Vertu, le Courage, &c ;
Neptune armé de son trident, ayant l'air de
promettre à l'Angleterre l'Empire des Mers.
Toutes ces figures sont portées sur un pié-
defial énorme chargé d'une inscription Lati-
ne ; qui porte que le Roi & le Parlement
ont voulu éterniser le souvenir des services
du mort. Tout est en marbre blanc : l'Artiste
a déployé une grande magnificence, & s'est
fait payer de même : le tout a coûté six mille
louis.

J'ai vu les corps de deux Ambassadeurs,
l'un d'Espagne, l'autre de Sardaigne, qui sont
exposés à la vue des curieux Ces Messieurs
moururent insolvables. Vous pensez bien,
Madame, que des gens qu'on punit ainsi
pour avoir fait des dettes, ne s'aviseront
pas d'en faire d'autres ; leurs Maîtres, qui
ont imaginé qu'ils étoient très-bien comme
ça, n'ont point eu envie de donner pour

eux

eux beaucoup d'argent pour un peu de pouſ-
ſière.

Le tombeau du fameux Newton eſt à
Weſtminſter. J'ai demandé ſi celui de mon
ami Richardſon y étoit ; on m'a dit que non.
J'en ſuis d'autant plus fâché , qu'on ne fait pas
de lui en Angleterre le cas qu'on devroit en
faire.

Pour moi, je crois que c'eſt le plus grand
Maître de Pathétique qu'ils ayent eu ; & aux
longueurs près, c'eſt un des plus beaux géni-s
du monde. Il y a ſi peu de gens qui ſoient
dignes de lire Clarice ! Un Anglais, homme
de beaucoup d'eſprit , me diſoit : Je n'ai jamais pu achever ce Livre : ce Lovelace eſt un
ſi pauvre & ſi inſipide perſonnage ! Il fut
tenté de me prendre pour un fou, quand je lui
dis que j'étois perſuadé qu'un homme par-
faitement ſemblable à Lovelace , & mis en
action, ſeroit un des plus grands hommes
qui euſſent jamais exiſté. En effet, Lovelace eſt
un ſéducteur ; mais Lovelace ſeroit un Général : Lovelace eſt un ſéducteur ; mais Lovelace ſeroit tout ce qu'il voudroit être. Je
dis plus : il eſt impoſſible qu'un ſeul individu
puiſſe jamais reſſembler à Lovelace : cette

Clarice, à un peu de bégueulerie près, est un Ange.

Quelle connoissance du cœur humain ! Quels portraits ! Pardon, Madame : je m'étends avec un peu trop de complaisance. Mais je me plais dans ma dévotion. Il vaut mieux idolâtrer Richardson qu'on entend si bien, qu'on entend avec tant de plaisir, que de louer à outrance, comme font quelques Pédants en France, le sublime & monstrueux Shakespear, que, ne leur en déplaise, ils n'entendent presque jamais ; & la raison en est simple ; c'est que les Anglais eux - mêmes ne l'entendent pas toujours. Madame la Comtesse de Te... si connue par son esprit, me demandoit dans ma grande jeunesse, si je ne préférois point la nouvelle Héloïse à Clarice. Je lui répondis qu'oui. J'avois seize ans, & je le pensois. Cela doit être, me dit-elle ; mais vous changerez d'avis avant vingt-cinq ans. Je ne les ai pas, & je ne pense plus de même.

Adieu, Madame. Je finis cette Lettre, beaucoup trop longue, en vous priant de recevoir l'assurance de mon profond respect.

A MONSIEUR

LE MARQUIS DE V...

DE ſes errantes deſtinées
Un Pupille bien né doit compte à ſon Mentor :
Je l'aurois fait plutôt encor
Si j'eus pu mettre un peu d'ordre dans mes
idées.

Mais vous ſavez que je ſuis peu penſeur.
Monſieur de Laur... qui dit qu'ici l'on penſe,
Me fait nourrir la douteuſe eſpérance
D'acquérir de la profondeur.

Il le faut bien : car ce n'eſt pas le tout de
rimer une Chanſon ou une Epître : ce n'eſt
que par une application ſérieuſe & ſuivie
aux objets importants, qu'on peut eſpérer de
vivre après ſa mort : c'eſt un tour de forc
qui me ſéduit.

Bientôt je rendrai les hochets
Que je reçus des mains de la molleſſe :
Je laiſſerai ces vains colifichets

G ij

Dont s'amusa ma frivole paresse ;
Et je regretterai le tems de ma jeunesse :
Je pleurerai sur les moments perdus,
Sur l'étourdissement de ma première yvresse,
Sur les conseils vainement entendus
Que me donna votre sagesse.

Vous voyez que le séjour de Londres me fait du bien. Mon être change, se décompose, & se renouvelle. Il n'y a que mes sentiments pour vous qui ne peuvent & ne doivent jamais changer.

A MONSIEUR D...

ENFIN, de vos Dieux domestiques
Rien ne peut donc vous détacher,
Et je ne puis vous arracher
A vos loisirs philosophiques.
Entre un Prélat futur & quelques morts fameux
Vous partagez, je le sais, votre vie :
Mais n'achevez-vous point vos yeux
A voir si bonne Compagnie ?

Quittez vos livres un moment,
Et laiſſez repoſer les pinceaux du Génie :
Après avoir parcouru l'Auſonie,
Traverſez l'humide Elément,
Pour voir enfin un Peuple libre,
Amant des Vertus & des Loix,
Qui les maintient, & garde l'équilibre
Entre la juſtice & les Rois.
A l'amitié faites ce ſacrifice.
Lovelace, réveillez-vous.
C'eſt preſqu'ici comme chez nous,
Et Londres n'a plus de Clarice.
Cés Dames valent bien qu'on en ſoit amou-
reux ;
Elles ont de la grace, un beau teint, de grands
yeux ;
Et d'ailleurs Monſieur de Voltaire
Qui prit le nom de Martinguere,
Aimoit les Filles d'Angleterre.
Venez entendre ſoupirer
La Melpomène Britannique.
Notre Paris n'a plus déſormais qu'à pleurer
La Muſe impoſante & tragique
Qui chaque jour par ſes magiques ſons
D e nos voiſins enchante les oreilles,

Sous les traits de Miftris Sidons.

De Thompfon, d'Addiffon pour réciter les
veilles,

Elle n'a point de plâtre fur le bras,

Son front n'a point de fard, fes cheveux font fans
poudre,

Son cœur cherche les cœurs, fes yeux lancent
la foudre :

Sigifmonde auroit des appas

Si l'Actrice n'en avoit pas.

Quelque jour des Pairs d'Angleterre

A fes mânes feront un convoi folemnel,

Ils accompagneront jufqu'aux portes du Ciel

Celle qui les charma quelque tems fur la terre.

Aux murs de Weftminfter elle repofera

Entre Garrick, Olfield, & cætera.

Adieu. Je vous attends bientôt à Drurylaine,

Ou fi vous l'aimez mieux, au tombeau de
Newton ;

Et je vous garderai toujours un peu de haîne,

Si vous n'arrivez vîte aux plaines d'Albion.

A MADAME DE G.....

Vous retournez à la Barrière-Blanche ;
Je me plains, & déja vous revoyez Calais :
Ce que j'aime le plus vogue fur une planche
   Que fuit mon cœur navré par les regrets.
   N'oubliez point, fi vous pouvez, ma Chère,
   Le trifte Amant que vous avez laifsé ;
   Que votre cœur habite l'Angleterre :
   Que les moments qu'à vos pieds j'ai pafsé
   S'offrent par fois à votre ame attendrie :
Et lorfque je n'ai pu, rébelle à mes douleurs,
   Vous arrêter par d'inutiles pleurs,
Que vos Lettres du moins, pour mon ame flétrie,
Renferment quelques mots doux & confola-
      teurs.
Tant que vous m'aimerez, écrivez - moi: je
      t'aime.
Si le charme cefsoit, ne me le dites plus ;
Ne vous abaifsez point à des foins fuperflus
   Pour abufer la moitié de vous-même.
   Mais fi trahi, rejetté de vos bras,
              G iv

Vous confommez le crime & mon injure ;
A vos ferments fi, doublement parjure,
Vous faites un heureux, ne me le dites pas.

A LA MÊME.

DU ruban que tu m'as donné ,
Témoignage de ta tendreffe ,
Chaque foir mon front eft orné :
Il me rappelle ma Maîtreffe.
Pourrois-je le porter fans en être amoureux?
Long-tems tu l'as porté toi-même ,
Long-tems il a paré ton fein voluptueux :
Du joug qui m'affervit il eft l'aimable emblême.
Ce matin je dormois quand ce fripon d'Amour,
D'une main enfantine entr'ouvrit ma paupière ;
Conferve , m'a-t-il dit , jufqu'à ton dernier jour
Le préfent que t'a fait ma Mère.

EN RENDANT UN PORTRAIT.

ENFIN voici l'inftant fatal
Où je m'immole à votre fantaifie :
   Quand j'ai perdu le principal ,
   Vous m'ôtez une minutie
   Qui fit le plaifir de ma vie ,
   A moi, qui crus que la copie
   Survivroit à l'original.
Le tout eft noir , ma chere Amie ;
Et ne penfez pas que j'oublie
   Un procédé fi peu loyal.
C'étoit le douze de Septembre
Que vous m'avez donné tout çà ;
Nous ne fommes pas en Novembre ,
   Et vous le retirez déjà.
De cette petite aventure
Tout uniment je conjecture,
(Pardon fi je dis vos fecrets,)
Quels arrangemens font les vôtres :
Vous reprenez les vieux portraits ,
De tems en tems, pour les donner à d'autres.

A MADEMOISELLE DE S...

Des Deshoulieres, des la Suzes
Et des Muses de mon Pays
Vous ferez grand tort aux écrits :
Je leur en fais bien mes excuses.
Mais il faudra vous aguerrir
Au déchaînement de l'Envie ;
Ses foibles traits viendront mourir
Aux pieds de la Sapho jolie
Son souffle ne pourra flétrir
Cette Couronne qu'a choisie,
Qu'avec complaisance a cueillie
Le Dieu du goût pour vous l'offrir.
De vos rimes prématurées
J'ai vu les étonnans essais,
Et j'ai présagé les succès
Que développent les années ;
J'ai pressenti vos destinées,
Et j'ai dit souvent : tant d'attraits
Seront encor parés par des charmes durables,
Par des qualités estimables,

Par des talens marqués & vrais ,

Que n'emportera point la petite vérole.

Que la gloire foit votre idole!

Mais lorfque votre efprit n'eft pas encor formé,

Préparez lentement les fruits par la culture,

Laiffez mûrir les dons de la Nature ,

Et vous recueillerez quand vous aurez femé.

Ecrivez tard pour mieux écrire.

Préludez long-tems fur la lyre

Dont l'ame frémit fous vos doigts ;

Mariez par dégrés fes fons à votre voix ;

Et fage dans votre délire ,

De votre Art connoiffant les loix ,

Méditez avant de produire.

Laiffez venir l'Amour qui fait tout ani ner ;

Il vous infpirera; l'Amour eft un grand Maître;

Et l'on ne commence de naître

Que quand on commence d'aimer.

Apollon a porté fon Oracle à Cythère ;

Il n'eft plus de vallon,de Pynde; ces grands mots

Confacrés par les tems , impuiffante chimère ,

Sont rentrés dans le fein de la Fable groffière ;

Et la double Montagne eft toute dans Paphos.

Si le comble de l'art, fi l'effor du génie

Dépendent de l'Amour; si, quand on sait aimer,
    L'éducation est finie,
    Vous devriez la consommer.
Mais vous êtes trop jeune .... Eh-bien !.. je me
    réserve.
    J'allumerai vos premiers feux;
    Et que Dieu me préserve
    De défaire d'aussi beaux nœuds.
D'ailleurs vous êtes blonde, & toute Blonde est
    tendre;
Tout doit consolider un aussi doux lien :
    Ce sera le nœud Gordien,
    Et je n'ai pas le sabre d'Alexandre.

A MONSIEUR LE C. DE B...

Ainsi l'Auteur de ces charmants écrits,
Dont le style correct, pur & plein d'harmonie,
    De plus en plus doit plaire aux bons Esprits
Qui sont en petit nombre en ma chère Patrie,
Préfére à notre France, à ce gentil Paris,
Aux soupers appellés de bonne compagnie,
Le sol dégénéré de la vieille Ausonie.

D'Ovide galant fucceffeur,
Rival des Cygnes du Méandre.
Revenez encor faire entendre,
Votre Hautbois confolateur
A l'Amphytrite de la Seine :
Vous nous peindrez, voilés ou nuds,
Les attraits, les contours, les formes de Chy-
    mène ;
Et vous ferez des Vers pour notre Augufte
    Reine :
Apollon doit chanter Vénus.
Dans une Epître à vos Dieux domeftiques,
  Epître que je fais par cœur,
Vous nous vantez de vos toîts fi ruftiques
    L'abri, le repos, la douceur :
    Mais vous vivez à la Cour de Saint Pierre ;
Vous reculez des Arts la mobile Barrière ;
Et le Pont-Saint-Efprit eft loin de votre cœur.
    Je le vois bien, vous n'êtes que Poète.
    En écrivant à ces Lares fi chers
Vous faites efpérer le goût de la retraite,
Et vous défefpérez les gens qui font des Vers.

COUPLETS.

AIR : *Le Bonheur de Pierrot , &c.*

JE vous retrouve enfin ,
Belle & bonne Juſtine ;
Mon volage deſtin
   M'entraîne en vain :
Votre peſte de mine ,
Votre œillade aſſaſine
Ramene à vos genoux
   Sages & Foux.

Vous ſouvient-il des lys
Et des roſes fleuries
   Que tout près de Senlis
   Je vous cueillis ?
Ces fleurettes jolies ,
Ces roſes ſont flétries ;
Mais , parbleu ! vos appas
   Ne le ſont pas.

Quel plaisir eſt le mien
De revoir cette taille,
Cet air & ce maintien
Qui ſied ſi bien !
Lorſque je vous détaille,
Mon pauvre cœur travaille;
Je ſuis plus amoureux
Que je ne veux.

Et ce pied ſi mignon,
Le plus charmant augure,
Ce trou dans le menton,
Cet œil fripon ;
Et cette fière allure,
Plus noble, je vous jure,
Que celle de Didon,
Ou de Junon.

Si je quitte par fois,
Pour courir par le mon de,
Cet aimable minois
Que je revois;
De cent lieues à la ronde
Ma flamme ſans ſeconde

Tourne bientôt mes pas
Vers vos appas.

Songez donc, mon cher cœur,
Sur-tout quand je voyage,
A ma première ardeur,
  A ma candeur :
Pour charmer le Veuvage,
Allez dans le Bocage,
Et puis pensez à çà
  Par-ci, par-là.

Je reviendrai toujours
A vous, belle Justine ;
Vous faites mes beaux jours.
  Et mes amours.
  Mais la peste de mine,
Et l'œillade assassine,
Me tromperont, je crois,
  Plus d'une fois.

AIR :

AIR : *Le Dieu de la Tendreffe.*

AMANTS dont la tendreffe
Choifit une Maîtreffe,
En fecret, mes amis,
Je vous donne un avis.
    Chaque jour
    Notre amour
Heureux dans fon ivreffe,
    Ne voit rien,
    Et fait bien;
Car nous fommes tous.... Mais
    Paix!

AUTRES.

AIR : *Sainte Marie.*

DANS ma jeuneffe
J'aimois Papa, j'aimois Maman;
Et demandez à ma Maîtreffe
Si je me reffouviens fouvent
    De ma jeuneffe.

H

Avec yvreſſe
Je les careſſois tous les deux ;
Et vous ſaurez de ma Maîtreſſe
Que je reſſens encor les feux
De cette yvreſſe.

De ma tendreſſe
Je leur offrois le ſentiment ;
Vous ſavez bien , ô ma Maîtreſſe !
Que j'ai même encor à préſent
Cette tendreſſe.

Avec fineſſe
Sans doute que vous ſouriez ;
Mais je voudrois bien , ma Maîtreſſe ,
Que ſeule vous entendiſſiez
Cette fineſſe.

JULIE,

ROMANCE.

Tu quittas une grande Dame
Lorſque tu me donnas ton cœur ;
Je brûlai de la même flâme ,
Près d'un an j'ai fait ton bonheur ;
C'eſt l'amour de toute ma vie ,
Me dis-tu , j'en fais le ferment ,
Que tu m'as inſpiré , Julie ;
Ce n'eſt point l'erreur d'un moment.

Comme une fleur tombe fanée
Quand l'Aquilon vient la flétrir ,
A ſes regrets abandonnée ,
Cécile s'en alloit mourir :
Le dépit , l'orgueil , la tendreſſe ,
Creuſoient un tombeau ſous ſes pas ;
Je prévoyois que ſa triſteſſe
Lui rendroit de nouveaux appas.

H ij

Tu raffuras ta foible Amante,
De ce ton qui gagne le cœur ;
Ta main étoit fi careffante !
Ta voix avoit tant de douceur !
Périffe le refte du monde,
Me difois-tu, tu me fuffis !
Dans ma folitude profonde,
C'eft pour toi feule que je vis.

Et maintenant tu m'abandonnes,
Pour courir à d'autres erreurs !
Cruel ! les plaifirs que tu donnes,
Comme toi, font faux & trompeurs.
A tes yeux combien je fus belle !
Ou plutôt que tu me trompois !
Dieux ! je n'ai fait qu'un infidelle
De l'ingrat que j'idolâtrois.

Tu m'avois fait un facrifice
Qui fit du bruit affurément.
Mais tu dois me faire juftice ;
Je ne connus qu'un fentiment,
Ce fut celui de mon yvreffe.
J'éternifois ce jour brillant

Où tu m'appellas ta Maîtresse ;
Et je ne vis que mon Amant.

Adieu, séducteur trop volage,
Dangereux s'il étoit constant :
Quoi qu'on en dise, je le gage,
De l'Amour tu n'es point l'enfant ;
Tes belles dents, ton regard tendre,
Tes blonds cheveux, tout passera :
Tu voudras en vain t'en défendre,
Mon souvenir te restera.

A MADAME
LA MARQUISE DE J...

A La tête d'un Opuscule
On lit : Préface, Avant-propos,
Et remarquez que ce goût ridicule
Se manifeste, inné, chez tous les sots.
Je hais les enfileurs de mots,
Et déteste tout préambule.
J'estime peu ce Céladon tremblant,

Ce doucereux Ménalque,

Qui parle de son sentiment

Comme on parle d'un catafalque :

Le portrait d'Aglaé gît sur son cœur brûlant ,

Et depuis dix mois est la marque

Qu'il espère être son Amant.

Nous voyons qu'Aglaé de son respect enrage ;

Mais Aglaé se tait : c'est un ancien usage.

Pour revenir à nos moutons,

J'ai réfléchi, Madame la Marquise ,

Que rien n'étoit plus à ma guise

Que votre esprit, votre air, & vos façons :

Votre douceur , votre franchise

Vous amenent à tous les tons ,

Et vous n'en prenez pas un seul qui ne séduise.

Je fais cas de votre enjouement ,

De votre aménité tranquille , inaltérable ,

De votre doux parler , de votre œil caressant ,

De votre politesse aimable ,

Et d'un mari très-estimable ,

Qu'en vérité j'aime bien tendrement.

Entre vous deux je passerois ma vie :

Et dans ce léger entretien

Jamais l'ombre de calomnie :

La médifance fuffit bien

Lorfque l'on veut paffer fon prochain en
revue.

Du Colonel S... l'incroyable bévue

M'amuferoit paffablement,

Son fang-froid eft divertiffant ;

Il eft de bonne foi. Mais chut ! la médifance

Va me gagner inceffamment ;

Et la vertu de tolérance

Eft ma vertu par excellence.

Je finis par vous affurer

De ma foumiffion aveugle , illimitée ;

Dans mon attachement je veux perfévérer.

De vos bontés pour moi mon ame eft enchantée ;

Cette amitié n'eft point une amitié d'un jour ;

Douce , elle doit furvivre aux rêves de l'A-
mour.

SUR LA MORT

DU MARQUIS DE S...

Dans sa sombre & funeste nasse
Quand la mort t'a pris pour jamais,
Je t'enverrai quelques bouquets
De ces fleurs qu'on cueille au Parnasse,
Qui ressemblent souvent aux fleurs de nos Bos-
quets,
Qu'un matin voit éclore, & qu'un matin efface.
Au reste, tu l'as vu, l'airain, l'homme, tout
passe;
Ton tombeau même passera;
Du marbre qui te couvrira
Quelques siécles feront évanouir la trace.
Ah ! quand tu meurs au printems de tes
jours,
Et quittes une vie au plaisir consacrée,
Emportes-tu dans l'Elisée
Le souvenir de tes amours?
Ou, dis-moi, perd-t-on pour toujours

Et la mémoire & la penfée ?

A tes amis j'ai parlé de ton fort.

Ils ont dit froidement : » qu'y faire ? c'eſt dom-
mage!

» Il étoit dans ſon plus bel âge.

Quel perfide & triſte langage !

Regrette-t-on jamais un mort ?

Chacun d'eux paroîtra ſur les bords de l'Averne,

Chacun d'eux s'y fuccédera,

Et pas un n'accompagnera

De ſes regrets celui qui deſcendra

Dans la lugubre & profonde cîterne.

Je fais que quelqu'un d'un grand fens

A dit qu'il faut pleurer ſur la naiſſance

Des hommes, & non pas ſur leurs derniers moments :

Ce diſcours eſt fort beau, mais n'eſt qu'une
Sentence

Qu'on écrit près du feu lorſqu'on ſe porte bien:

Car penſer, car aimer, après tout, n'eſt-il rien ?

Sans doute il eſt affreux pour un fort honnête
homme,

Né dans un ſiècle inſtruit & ſi poli,

De dormir d'un auſſi long ſomme,

Sans jamais careffer le minois très-joli

De quelque Maîtreffe friponne,

A qui par femaine on pardonne

Quelques noirceurs , des fauffetés,

De bonnes infidélités,

Si l'infidélité peut pourtant être bonne.

Pour toi qui fus un fuborneur

De remarquable & galante mémoire,

Et qui fus un peu trop avide de la gloire

De paffer pour volage , & même pour trom-

peur;

Si tu fus trompé par ces Dames,

Elles ont fait leur métier, felon moi;

Et peut-être, les bonnes ames,

Sont encore en refte avec toi.

Mais comme on fait qu'il eft d'ufage

D'oublier les torts des abfents,

Sur-tout quand c'eft pour fi long-tems,

Chacune d'elles fera fage :

A leur miroir en voyant leurs attraits,

Elles fe livreront à de nouveaux parjures ,

Elles oublieront tes injutes,

Et je ne t'oublierai iamais.

A MONSIEUR
LE MARQUIS DE V...

Non ego paucis offendar maculis.

LE *sublime en tout genre est le don le plus rare ,*
Ainsi l'a dit le Poëte divin ,
Qui ne fut pas d'éloge assez avare,
Dans une Epître à certaine Catin ,
 Qui n'étoit point du tout sublime ,
 A la Scène , ni même au lit ;
 Car certain quidam qui l'y vit ,
 En propres termes me l'a dit.
Mais dans ces Vers un autre soin m'anime ,
 Que de savoir si la C ...
 Fut bonne jouissance ou non.
Vous saurez donc , Marquis trois fois aimable ,
Qu'hier au soir en y réfléchissant,
(Car depuis quelque tems il est trop véritable
 Que je réfléchis très-souvent,)

Je repaſſois dans ma mémoire
Belles, Héros, Auteurs morts & vivants,
Tous, chacun dans leur genre, Amants foux de
la gloire,
Je leur trouvois des côtés impoſants:
Mais tous ont eu, je le dis avec peine,
Plus de travers & plus d'ambition.
Tant il eſt vrai que la Nature humaine
S'éloigne en tout de la perfection !
Cette * * que vous avez ſervie,
Me plaît aſſez, pourvu qu'elle ne parle pas ;
Car il faut être vrai, quoiqu'elle ait de grands
bras,
Elle reſſemble à Clélie, à Porcie :
Mais qui pourra la voir jouer la Tragédie ?
Qui pourroit excuſer les excès de ſa vie,
Son déſordre, ſes mœurs, ſa licence ſans frein?
Perſonne : il eſt, ma foi, vilain d'être Trib....
Socrate, mon très-cher, ce mortel tout divin,
On en cauſoit en Grèce, eut un goût très-hu-
main :
Vous ſavez ſon Hiſtoire avec Alcibiade.
Ce Conquérant d'un monde trop petit,
De Darius cet oppreſſeur injuſte,

Par-ci, par-là, n'étoit par trop Auguste;

Il s'ennivroit, & l'on fait ce qu'il fit

son Ephestion pendant bien des années :

Il consacra, depuis, quelques journées

Au beau Clytus à qui dans un festin

Il plongea doucement son poignard dans le

      sein.

    Ce César qui soumit la Gaule,

Et qu'on assassina depuis au Capitole,

Avec feu Nycomède, à la fleur de ses ans,

    Avoit eu certains passe-tems,

 Qui dans l'esprit des plus honnêtes gens

    Lui font grand tort, je le parie.

    La Scène étoit en Bythinie.

    Christine du suprême rang

    Descendit avec l'air d'un Sage ;

    Mais le regret fut son partage :

    Puis, elle fit verser le sang

    De Monadelschy qui, je pense,

Lui rendoit quelques soins, & qui n'en disoit

      rien.

Ah ! cent quintaux de mal contre une once de bien

Sur ce globe maudit font pencher la balance.

    Le Grand Turenne un jour parla

Mal-à-propos, par excès de tendreſſe.

Berné, trompé par certaine Ducheſſe,

Le grand homme lui révela

Le ſecret de l'Etat. Voyez quelle foibleſſe !

Ainſi Samſon périt par Dalila.

Après avoir paſſé les Héros en revue,

De vous à moi, ſur les grands Ecrivains,

Sublimes Précepteurs du reſte des humains,

Quelques inſtants arrêtons notre vue.

Mon Virgile déshonora

Sa Muſe immortelle & ſonore,

A louer un Tyran que le monde abhorra :

Son ſouvenir jamais ne périra,

Parce qu'un Chantre qu'on adore,

Dans ſes mêtres le conſacra.

Horace en fit autant. Certes c'eſt grand dom-

mage :

En les liſant on rougit pour tous deux ;

Tout honnête-homme à coup ſûr en enrage :

Ah ! le nom des Tyrans doit paſſer avec eux.

Ovide qui coucha ſouvent avec Julie,

Et qui fut relégué dans des déſerts affreux,

Ovide avoit auſſi cette platte manie.

Que dirai-je du Génevois,

Auteur d'Emile & d'Héloïfe,
    Qui m'a tant fait pleurer de fois?
Que ce fublime efprit , J. J. eut la fottife
    D'aimer le fouet que l'on donne aux enfants?
J. J. aima Madame de Warens.
    Pauvres humains ! ah! tous tant que nous
        fommes,
Il n'eſt point ici-bas , croyez-moi, de grands
    hommes.
Il n'exiſta jamais un mortel orgueilleux
    Qui fût parfait même à fes propres yeux.
Oferai-je parler de l'Auteur de Zaïre ,
    A vous fur-tout ? c'eſt cependant fon tour.
Il m'élève , m'inſtruit, m'attendrit, me fait
    rire,
C'eſt le Dieu que j'encenfe ; & malgré tant
    d'amour,
    Malgré mon culte & mon idolâtrie,
    Ma voix doit dire un peu la vérité.
    Ombre refpectable & chérie ,
Vous pardonnez fans doute à ma fincérité.
    J'aurois voulu que Monfieur de Voltaire
    Eût méprifé le frêlon téméraire
    Qui s'avifa de le piquer :

Que trop facile à provoquer ;
Il n'eût jamais sali ses rimes
Par des termes déshonorants ;
Qu'il n'eût point mis parmi ses vers sublimes
Ces trois vers bas & dégoûtants :
Vermisseau né, &c.
Lâche Zoïle, &c.
Cet animal, &c.
Que chaque jour, chaque instant de sa vie
L'eût vu constant, juste; sensible, égal ;
Et que tenant le sceptre du Génie,
Il eût été moins partial.
J'aurois voulu que ferme en son système,
Il eût toujours été d'accord avec lui-même :
J'aurois voulu...Mais il étoit mortel,
Né pour errer comme un autre homme.
Notre Père commun qui mangea cette pomme
Nous fit grand tort auprès de l'Eternel.
Ce que c'est que la gourmandise !
C'est ce premier péché, qu'on nomme originel,
Qui nous éloigne tous de la terre promise.
Ayons le bon esprit d'être persuadés
Que rien de vraiment beau n'existe sur la terre :
Méprisons, j'y consens, les êtres dégradés,

Car

Car le mépris est un frein nécessaire :
Mais soyons indulgents pour les torts du pro-
 chain ,
Pour les torts qui sont ceux de la Nature hu-
 maine ;
Un Démon ennemi nous pousse, nous entraîne,
 Et nous aurons besoin demain
 De la même indulgence :
Car qui n'a pas appris par son expérience ,
Que toujours de soi-même il faut se défier?
Ce discours est sensé , ma morale est facile;
Mais je n'ai pas le droit d'être très-difficile :
 Je suis pécheur de mon métier.
Tandis que le rideau de cette courte Scène ,
N'est pas encor tiré, sans effort & sans peine
Roulons obscurément nos jours qui sont comp-
 tés ,
Et par le tems qui vole en sa course emportés.
Si je vaux un peu moins que Damis ou Cli-
 tandre ,
S'ils ont moins de défauts , s'ils ont plus de
 vertus ,
Si par aucun revers ils ne sont abattus,
 Si de médire ils peuvent se défendre ;

       I

S'ils font une chanson, s'ils ont de grands talens,
   Si ces Meſſieurs ſont de bons Politiques,
    S'ils font des Cours Diplomatiques,
S'ils ne digèrent plus avant d'avoir trente ans,
Si ces Dames enfin prennent ſoin de leur gloire
    Si quelqu'une s'empoiſonna,
    Si le regret aſſaſſina
Une femme quittée ; eh-bien ! pareille hiſtoire
   Fait, je le ſais, un honneur infini ;
Et dans le fond du cœur, ſans doute, on eſt puni
    De ne pas vivre en la mémoire
    Par un trait auſſi méritoire.
Mais qu'y faire, Marquis ? il faut ſe conſoler
De n'avoir pu lever un front auſſi ſublime,
Ne pas mal-à-propos aller ſe déſoler,
   Et conſerver ſur-tout ſa propre eſtime ;
Etre bien convaincu que tout eſt pour le mieux
    Egayer ce petit paſſage
    Par un peu de libertinage,
Et penſer comme vous, en un mot, comme un
    Sage,
Qu'un homme eſt aſſez grand s'il eſt aſſez heu-
   reux.

D' O R M O N T.

VOus défirez depuis long-tems , Mad me , des détails plus particuliers fur la fin Comte d'Ormont. Le foin avec lequel j' recueilli fes derniers entretiens , fes lettr demeurées entre mes mains , l'intérêt qu m'infpira durant le cours de fa vie , & fu tout à fes derniers inftants , me metter plus que perfonne à même de vous faire cert trifte confidence.

L'amitié qui me lia à lui , s'y refufoir Vous l'emportez enfin : ce n'eft pas d'au jourd'hui que vous êtes accoutumée à me foumettre aveuglément à vos volontés ; mais votre joug reffemble à celui du Seigneur ; il eft doux & léger.

Vous favez , Madame , qu'il avoit fini par concevoir du dégoût pour le monde , quoi qu'il fût né avec tous les avantages qui le font aimer. Ifolé au milieu de Paris , fans goûts , fans défirs , ennuyé de tout , même de ces Arts confolateurs qu'il avoit idolâtrés dans fa jeuneffe , il partit il y a deux ans pour l'Italie. Il efpéroit retrouver une ame & des fens fous un ciel plus pur : en un mot, dans le plus beau pays de la Nature, qui fut celui de tant d'hommes recommandables dans tous les genres.

Il eft des réminifcences qui redonnent du ton aux facultés épuifées : il eft des climats infpirants. Malheur au mortel infenfible que la Patrie des Scipion & des Virgile n'a pas attendri & n'a pas fait meilleur ! Les lieux ont auffi leur harmonie, & le cœur feul peut l'entendre.

A fon retour, je fus le feul homme qu'il voulût voir. Ce fut alors que de ce ton que je n'oublierai de ma vie, il me dit en me ferrant dans fes bras : » O mon ami ! j'étois » le plus ennuyé de tous les hommes, main- » tenant j'en fuis le plus malheureux. De- » main, aujourd'hui, je vais enfevelir dans » un défert le refte d'une exiftence déplora- » ble. Flétri, anéanti par les chagrins, déchiré » par les remords, j'irai partager le fort de » ces Religieux que réforma Rancé, & qui » retracent dans leurs auftérités celles des an- » ciens Solitaires de la Thébaïde ».

Pétrifié par ce difcours incroyable, & pro-

noncé du ton le plus véhément , je fus tenté
de croire que fa raifon l'avoit abandonné, &
je cherchois ma réponfe , lorfqu'il reprit : Je
fuis l'affaffin d'une femme charmante, victi-
me de mes féductions , qui pour avoir par-
tagé mes égaremens , eft defcendue du crime à l'opprobre , & de l'opprobre au tombeau. Son Epoux !... Le monftre! ... Hé bien!
fans moi , peut-être , il étoit né pour la vertu ! Ainfi périt tout ce qui brille un moment
fur la terre.

Je croyois veiller : ne rougiffez-vous point,
lui dis-je , de l'état où je vous trouve ? Quel
découragement ! Quelle pufillanimité ! Vous
l'appui d'une famille refpectable , vous le fils
d'un père blanchi fous les drapeaux de la Patrie, vous voulez aller groffir le troupeau de
ces Etres morts pour la Société , à laquelle
ils auroient pu confacrer des talents utiles !
Sont-ce là les obligations que vous avez con-
tractées le jour de votre naiffance ? Ces engagemens font de donner des Citoyens à
l'Etat , des exemples au Public, dont les gens
comme vous doivent être les modèles , &
d'être la gloire & la confolation de tout ce qui
vous entoure. — La gloire ! elle eft menfon-

gère & vaine. .... elle eft comme le monde.
Moi, la confolation des autres, quand je n'ai
plus dans mon cœur les moyens de me confo-
ler moi-même !

Hélas ! dans mes premières années, je crus
au bonheur : vieux avant le tems, j'ai vu qu'il
étoit même impoffible d'embraffer fon image.
Ecoutez-moi, & vous verrez que la fenfibilité eft le préfent le plus funefte.

Je n'avois que quinze ans, lorfque Madame de Vernicourt fe chargea de moi. Egoïfte
fauffe, elles le font prefque toutes, je m'apperçus que cette femme ne pouvoit aimer
qu'elle ; qu'elle m'avoit pris par caprice,
qu'elle me gardoit par fantaifie, & me quit-
teroit par humeur ou par légereté ; ou que ce
qui eft pis encore, faifant de moi un éternel
Sygisbé, elle me donneroit une foule renaif-
fante de fucceffeurs, auxquels je pafferois ma
vie à fuccéder moi-même. Elle avoit un
mari dont l'amitié & les attentions fatigantes
m'excédoient d'autant plus, que je les méri-
tois moins.

Monfieur de Vernicourt n'avoit jamais
rien autant aimé que moi : j'étois de la plus
charmante figure ; il auroit fouhaité que je

regardasse sa maison comme la mienne, que
je visse sa femme plus souvent encore, &
que je n'eusse point, en un mot, de secrets
pour lui. Sa tendre épouse l'accabloit des ca-
resses les plus vives & les plus répetées, en
lui jurant un amour qu'elle ne sentoit pas même pour moi : il y répondoit de l'air le plus
gauche. Je me ressouvenois de ce vers charmant d'un homme d'esprit, à qui la posté-
rité assignera une place que ses contempo-
rains lui ont refusée : *Il* (l'Amour) *entaidit*
toujours ceux qu'il n'embellit pas.

Le rôle que je jouois dans cette maison
commençoit à me pèser horriblement : j'allois finir le roman ; on m'en évita la peine,
en me donnant un successeur qui fut bientôt remplacé par un troisiéme, qu'un quatrié-
me supplanta ; ainsi de suite.

Je portai ma frivole oisiveté dans tous les
cercles , aux promenades , aux spectacles.
Le tems , & mes malheurs plus que le tems,
ont changé les traits d'un visage qui alors,
disoit-on , étoit assez bien. Les hommes
étoient jaloux , c'est la règle : les femmes aux-
quelles je ne rendis pas des soins, dédaigneu-
ses dans les propos & les regards, c'est en-

core la règle. Elles ne détaillent ni ne ca-
lomnient jamais ceux qui n'en valent pas la
peine. J'eus une vogue étonnante dans la Société où je vécus, & presque pas une femme
ne m'échappa. Mon amour-propre étoit satis-
fait, mon cœur ne l'étoit pas : cette sensa-
tion pénétrante, ce sentiment durable & profond, que peut être n'éprouve-t-on qu'une
fois dans la vie, n'étoit pas encore arrivé
jusqu'à mon ame. Un soir, après avoir soupé
chez la Maréchale de.... je fus au Bal de l'O-
péra. Je n'y fus pas plutôt entré, que deux
femmes s'emparerent de moi, sans qu'il me
fût possible de les quitter. Que vous êtes bien
vous-même dans ce moment, me dit l'une
d'elles ! on ne peut vous fixer. L'inconstance
& la légereté sont le partage de votre vie. Je
connois une femme, vous avez soupé avec
elle, contre qui vous auriez de grandes armes, si elle préféroit la certitude de vous
avoir, à la crainte de vous perdre. Je reconnus sur le champ la Marquise de Nirville, &
la Duchesse de...., de qui depuis six mois
j'étois éperduement amoureux, sans qu'elle
eût voulu s'en appercevoir. Son crédit à la
Cour, une tournure d'esprit charmante, un

son de voix enchanteur , de la beauté , des graces plus séduisantes encore ; le charme d'une résistance que je n'avois pas éprouvée ; ces airs dédaigneux qui flattent un Amant , parce qu'il se dit : cette fierté composée n'est que pour les autres ; dans le recueillement du tête-à-tête on la déposera pour moi ; je jouirai doublement de mon triomphe , parce que je serai heureux , & que je le serai seul ; tout cela , dis-je , m'avoit tourné la tête.

Vous ne vous donnerez pas la peine , continua la Marquise , de chercher à deviner qui elle est : couru , désiré comme vous l'êtes , vous auriez trop à faire. — Hélas ! Madame , ce persiflage est bien déplacé , je vous jure : depuis long-tems mon cœur est déchiré , j'aime , jamais on ne me payera de retour ; je n'ai plus même l'espérance. Oui , Madame , continuai-je , en m'adressant à la Duchesse & en la nommant , c'est à vous qu'il est réservé d'être l'unique charme de ma vie ; je brûle , & votre indifférence finira des jours que personne , au moins par le cœur , n'étoit plus digne de vous consacrer.

Elle voulut balbutier une réponse , me prouver que je m'étois mépris ; mon cœur

l'avoit devinée : se trompe - t - il jamais ? Que
vous dirai-je enfin ? quelque tems après je
fus le plus heureux des hommes ; mais vous
verrez que je ne le fus pas long - tems. Le
Vicomte de Brisey, dont, ainsi que tout Paris,
vous avez su la mort, mais sans en savoir le
genre, étoit depuis six mois l'Amant aimé de
la Duchesse ; elle commençoit cependant à
chercher les moyens de s'en défaire, avec
l'apparence des procédés, lorsque je vins fixer
son irrésolution. O ! des femmes la plus aimable peut-être, mais à coup sûr la plus perfide ! combien de fois rassurant ma tendresse
craintive, me jura-t-elle que son cœur se
donnoit pour la première fois ; que j'empor-
terois ses dernières amours, si quelque jour
je la livrois au désespoir de perdre le seul
homme dont l'ame entendît si bien la sienne !
Alors dans cet abandon si touchant, nous
confondions des larmes que je n'aurois dû
répandre qu'à l'instant où je la connus.

Une nuit, après ce délire du premier
bonheur, je m'enivrois doucement du souvenir de ma félicité trop tôt passée, quand
j'entendis soulever avec fracas le rideau qui
couvroit une porte de communication : c'é-

toit Brifey. Je crus l'entendre articuler les
mots d'Euménide : plus prompt que les vents,
il s'élance, & d'un bras homicide il enfonce
fon épée dans le fein de cette coupable adorée, qui nous trahiffoit tous les deux. Et toi,
me dit-il, tu ne furvivras pas à ton barbare
triomphe; tu vas mourir. Je m'étois jetté
fur mon épée; mais j'avois reçu plufieurs coups
avant d'en pouvoir faire ufage; enfin, moins
aveuglé par la fureur, d'une main plus fûre
je la lui plongeai dans le cœur. Bientôt, avec
des torrents de fang, il rendit en blafphêmant
une vie dont il avoit fouillé le dernier jour
par le plus épouvantable des forfaits. Celle
des femmes de la Ducheffe qui, féduite par
le Vicomte, avoit vendu le fecret de fa Maîtreffe, s'étoit enfui aux premiers cris, &
avoit averti une de fes compagnes : celle-ci
arrive, éperdue, échevelée, tenant une lumiè-
re qu'elle laiffa tomber d'horreur en s'éva-
nouiffant. Peignez - vous, s'il eft poffible, la
fituation de votre Ami ! celle qui me fut trop
chère, arrofant de fon fang ce lit témoin de
nos tranfports & de fes parjures; ce cadavre
inanimé d'un homme avec lequel j'avois été
lié, & qui peut-être eût aimé conftamment

l'honneur, fi l'Amour n'avoit point égaré fa jeunesse; des flots de fang inondant le parquet, moi-même baigné dans le mien; nos épées par terre, des fiéges, des flambeaux renversés: fix ans n'ont point affoibli le souvenir de cette nuit de deuil & de carnage; l'horreur s'en prolonge encore. Bientôt je ne vis plus rien: je tombai dans des convulsions effrayantes, & un inftant après dans un anéantiffement total: cet état de mort dura douze heures; & quand je repris mes fens, je me trouvai chez moi, entouré des gens de l'Art, épuifant leurs foins à me rendre une vie que je maudis le fort de m'avoir confervée.

Que fait-elle? vivra-t-elle? m'écriai-je douloureufement. C'eft elle & non pas moi qu'il faut rappeller au jour; il peut encore avoir des charmes pour elle; la vertu des coupables, le repentir, lui refte: allez, je ne veux & n'ai plus qu'à mourir. Le Chirurgien m'apprit qu'il avoit été réveillé par un homme qui l'avoit conduit à une voiture où il m'avoit trouvé; qu'il avoit voulu vifiter mes bleffures, mais que fon guide s'y étoit oppofé; que bientôt ils étoient arrivés chez moi;

qu'après avoir dit deux mots à mon valet-de-
chambre , cet homme avoit disparu, en di-
fant qu'il reviendroit le foir. Il revint effectivement : c'étoit un des gens de la Ducheffe;
il m'apprit que fon état laiffoit quelque efpé-
rance ; qu'il m'avoit fait tranfporter chez
moi ; qu'il avoit enfermé dans un appartement ifolé , les reftes du funefte Auteur de
tant de maux ; & que le foir , dans l'obfcurité
de la nuit , il comptoit remettre ce trifte dé-
pôt entre les mains de fes gens.

La vengeance quelquefois defcend à pas
lents. Madame de .... revenue des portes
du trépas , m'écrivit plufieurs lettres où ref-
piroient à-la-fois le défordre de l'amour & les
fentiments du défefpoir. Mon cœur étoit fermé;
mais je ne voulois plus revoir ces yeux qui
en connoiffoient fi bien le chemin. « Puif-
» fiez-vous vivre heureufe ! lui répondis-je.
» Puiffe la feule femme qui avoit fait naître
» pour moi les jours d'une félicité fuprême ,
» ne jamais fe reprocher d'en avoir détruit le
» cours ! Puiffe le fang que ma main a verfé
» ne s'élever jamais contre vous ! Sanglante &
» livide, l'image de Brifey viendra vous obfé-
» der fans ceffe ; c'eft fur-tout en vous que

» reposera sa mémoire; & celle qui fait heu-
» reux un assassin, s'associe à ses crimes,
» adopte sa cause, & s'impose l'obligation ta-
» cite de le pleurer, si quelque jour il satis-
» faisoit sur un échafaud à la juste sévérité des
» loix. Adieu, Madame; oubliez-moi comme
» je voudrois vous oublier ».

L'existence commençoit à me devenir in-
supportable; je montois à cheval tous les
matins, & j'allois m'enfoncer dans les allées
de Vincennes. Ce lieu triste par sa situation
& par l'idée qu'il présente, convenoit à ma
mélancolie. Rentré chez moi, je m'enfermois
dans ma Bibliothèque, j'y lisois peu, j'y
pleurois souvent, & le lendemain m'y re-
trouvoit quelquefois. Dévorée par un chagrin
qui la consumoit peu à peu, la Duchesse
de .... touchoit à la fin de sa carrière : elle
me fit dire qu'elle n'avoit pas deux jours à
vivre; que mon souvenir descendoit avec
elle dans la tombe; qu'elle me conjuroit par
la pitié au défaut d'un sentiment plus tendre,
de venir la voir pour la derniere fois; que je
rendrois sa fin moins affreuse, que je la re-
tarderois sans doute, & qu'il étoit peut-être
en moi de lui rendre & de lui faire chérir la

vie. --- Ciel ! seroit-il possible ?...Et j'y volai.

Je la trouvai mourante ; je crus expirer de
regrets. Ah ! puisque je vous ai vu, me dit-elle,
mon sort peut s'accomplir dès-à-présent ;
essuyez des pleurs que c'est à moi de répandre ; mais lorsque je me fais justice, lorsque
ma mort expie un forfait involontaire, sou-
venez-vous quelquefois de moi sans plaisir
ni sans courroux ! Je tombai à ses genoux, je
lui jurai de vivre pour elle, elle me promit d'exister pour moi ; nous étendîmes un
voile impénétrable sur le passé ; nous nous
enfonçâmes dans un avenir délicieux ; nos
larmes coulerent douces & sans effort, & le
baume consolant de l'espoir nous redonnoit
une ame neuve & rajeunissoit notre existence.

Je me sens renaître, me dit elle avec
enthousiasme ; je vivrai, je le veux, je le
dois, mon cœur me l'assure. Eh ! l'Amour
est le Dieu des miracles !

Elle se rétablit, & mon bonheur dura
près de deux ans : rien ne troubloit ce calme
inaltérable : si quelquefois mon imagination
se reportoit sur le passé, je me réfugiois dans
son sein ; j'y laissois mes terreurs ; & dans ce
brillant enchantement, je ne voyois que la

mort qui pût dénouer le lien qui m'attachoit à elle. Je touchois cependant au jour qui devoit nous séparer pour jamais : imaginez ce que je devins à la lecture de cette lettre :

« Le charme cesse. Il y a deux ans que
» je vous jurai de ne jamais vous tromper;
» je vous ai tenu parole. Je vous fis le fer-
» ment d'un amour éternel ; je n'étois pas
» maîtresse de ne pas le violer. Je ne savois
» pas que le Chevalier de Valsain me plairoit,
» pas tout-à-fait autant que vous me plaisiez
» alors, mais enfin me plairoit beaucoup : je
» vous offre une amitié qui ne se démentira
» jamais, & qui ressemblera au sentiment le
» plus tendre.

Je ne l'acceptai point, cette froide amitié ; j'essayai d'être homme, & reconnus effectivement que j'en étois un, à l'excès de ma douleur. Dès-lors je vécus livré à cette tristesse profonde, qui ne m'a laissé que les courts intervalles d'une joie rare. J'évitai le monde ; mon, ami je vous ai fui vous-même. Je voulus renoncer à ce sexe enchanteur & barbare, qui dispense à son gré les chagrins déchirants & la touchante volupté ; enfin j'aurois voulu

me

me fuir ; mais pour le fupplice des infortunés on ne peut s'échapper à foi-mêmë.

Madame la Ducheffe de..... mourut : mon nom fut le dernier nom qu'elle prononça : elle auroit voulu me voir ; je le fçus, je fus m'enfevelir dans une de mes Terres. Vous l'avouerai-je ? cet inftant fut un des plus doux de ma vie, depuis qu'elle en empoifônna la durée. J'aimai mieux que fon corps fût la pâture des vers dévorants, que la proie d'un homme qui n'étoit pas moi.

Femme facrilége & parjure, m'écriai-je ! tu as époufé la mort ; un fépulchre eft ta couche nuptiale ! Ces triftes charmes dont tu fus fi vaine, fi l'on ofoit violer la pouffière des tombeaux, n'étalcroient plus que des reftes épouvantables ; cette haleine plus douce que l'haleine des fleurs, eft un fouflle empefté qui donneroit le trépas : je n'ai plus de rivaux, & tu n'as plus d'empire. Un déluge de larmes finit cette fcène extravagante, & je fus prêt de me réunir à jamais à cette ombre idolâtrée.

Je revins à Paris : vous favez quels jours j'y traînois ; tout y contriftoit inceffamment mes regards ; j'y rencontrois à chaque pas les monumens d'une paffion fi conftante &

K

fi mal récompenfée. Je partis pour l'Italie.

A l'afpect des murs où fut autrefois Rome, plein des grands souvenirs de cette terre autrefois privilégiée, je commençois à redevenir moi : ce fentiment que j'avois cru immortel fe modifioit fans s'éteindre ; l'idée de tant de noirceur diminuoit cette flâme dévorante qui me confuma ; j'avois prefque retrouvé mon cœur, mais je n'avois pas retrouvé le pouvoir ni le défir d'en faire ufage.

Je fis le voyage de Naples pour voir le Comte de Car... que j'avois connu en France. Le Marquis de Montalte, Ambaffadeur de cette Cour à M. . . . , avoit laiffé Madame de Montalte à Naples, qui y tenoit le plus grand état. Elle avoit trois jours par femaine, & un Concert où fe trouvoient les premiers Virtuofes d'Italie : elle étoit elle-même Muficienne, pinçoit fort agréablement de la Harpe, & avoit une voix délicieufe. Il eft des femmes plus jolies ; mais je n'ai vu à aucune ce caractère de phyfionomie-là.

Les femmes aiment les gens malheureux, fur-tout lorfque ce font des victimes de l'Amour. Elle me reçut avec une efpece d'intérêt qu'en d'autres tems j'eus cherché à augmen-

ter, & que l'état de mon cœur ne me per-
mit alors que de fentir. Cette conduite in-
différente, que je n'avois pas méditée,
éveilla fon amour-propre & cette dangereufe
fenfibilité qui lui fut fi funefte. Un jour, après
s'être accompagnée un de ces morceaux de
chant qu'on n'entend qu'en Italie, elle me
preffa de répéter un air fur un *forte-piano*,
qu'elle avoit fait defcendre exprès de fon appartement. Je m'en défendis, & ma réfiftance
l'emporta.

J'ai le plus grand défir de vous entendre,
me dit-elle un jour : un cercle trop nombreux
vous a fans doute effrayé ; je vous attendrai
demain, je ferai feule.

Je crus ne pouvoir réfifter à tant d'empref-
fement ; je chantai ces couplets diélés par la
trifteffe, & que la trifteffe répéta :

Le tems dans fa courfe légère
N'emporte point mes fouvenirs :
Je ne tiens plus à rien dans la Nature entière,
   Je n'ai plus de plaifirs.

Aux premiers jours de la jeuneffe
L'homme ne vit que pour aimer ;

K ij

Il se complaît dans sa foiblesse,
Un désir inquiet semble le consumer :
Mais le jour vient où la tristesse
Va déchirer son cœur & le fermer.

Ce tems est arrivé, ma carrière est remplie ;
Je vais traîner le reste de mes jours :
Je ne puis oublier mes premières Amours ;
Le regret dévorant empoisonne ma vie.

Ainsi chantoit un Berger solitaire ;
Son ame s'enfuyoit sur les aîles du vent :
Daphnis croyoit n'avoir de confident
Que les échos de sa chaumière :
On n'est jamais heureux, disoit-il, en aimant ;
Je jure désormais de vivre indifférent.
Je l'entendis ; & ma douleur amère
Répeta son serment.

Que ce chant est mélancolique ! me dit
Madame de Montalte. Ce sont les accents
d'une tristesse douce & profonde. Puissiez-

vous ne jamais éprouver le fentiment que votre voix fait naître!

Ce deftin prédominant, auquel je crois, avoit arrêté que je ferois l'exemple de la félicité apparente, & de l'infortune réelle. En proie à tous les feux de l'amour, Madame de Montalte ne put renfermer plus long - tems fon fecret. J'efpérai moi-même que j'acheverois de faire évanouir cette réminifcence qui m'entouroit par intervalles : je fis comme ces enfants dont l'imagination frappée enfante des fpectres dans le filence de la nuit, & qui demandent à coucher avec leur Bonne.

Je cherchai long-tems à être heureux avant de l'être effectivement : je commençois à goûter l'efpèce de bonheur qu'un cœur tel que le mien étoit fufceptible de recevoir, lorfque Monfieur de Montalte revint à Naples ; c'eft-à-dire, plus de fix mois après que j'y fus arrivé. Quinze jours après j'appris la mort de fa femme.

Je ne vous parlerai point des regrets que j'en eus ; je fus fur le point d'attenter à des jours, dont le cours fembloit fouiller tout ce que j'approchois. Je partis pour Rome. A trois lieues de Naples ma voiture fut attaquée par

des gens armés ; mon Valet-de-Chambre re‑
çut une balle qui lui caſſa la tête , j'eus moi‑
même un coup de feu dans la poitrine : les
aſſaſſins crurent leur vengeance accomplie , &
diſparurent. Des gens des environs accourus
au bruit , me parurent accoutumés à ce genre
de ſpectacles ; ils me donnerent de prompts
ſecours, & me firent reconduire le lendemain.

Pendant que je revenois à la vie, Monſieur
de Montalte mourut : ſon Secrétaire avoit été
chargé à ſes derniers moments , d'une lettre
qu'il me remit comme il en avoit reçu l'ordre.

Elle étoit conçue en des termes qui ne
s'effaceront pas de ma mémoire durant le peu
de tems que j'ai à vivre.

» Le poiſon , le déſeſpoir d'une vengeance
» trahie, finiſſent des jours que j'eus donnés
» pour t'arracher la vie : tu m'as échappé.
» Celle que tu ſéduiſis n'eſt pas encore retran‑
» chée du nombre des vivants ; elle vit en‑
» core pour ſon ſupplice & pour le tien :
» elle ne tardera pas à me ſuivre. Celui que je
» t'envoie ne vient que d'apprendre le lieu
» qui la renferme ; il t'y conduira ; tu verras
» cette femme que j'appellai mon Epouſe , &
» qui fut ton Amante : tu la méconnoîtras

» peut-être ; mais au moins reconnoîtras-tu
» ma vengeance & ton ouvrage ». Hélas ! une
heure ne s'étoit pas écoulée que je la vis : ses
regards farouches & égarés se tournerent sur
moi , & ne m'apperçurent point ; ce n'étoit
plus elle ; objet de terreur & de pitié , ce n'é-
toit plus qu'un squélette inanimé dont la
mort sembloit s'emparer lentement. Elle avoit
la tête nue ; ses cheveux qu'elle avoit eus su-
perbes , étoient coupés ; sa bouche livide &
glacée n'avoit plus une seule des dents si
blanches qui l'avoient ornée : enfin mes yeux
la virent , & mon cœur effrayé en repoussoit
le témoignage. Le second jour elle eut une
agonie longue & hideuse ; je ne pus soutenir
cet aspect épouvantable ; je me dérobai à
cet appareil de mort : elle expira quelques
instants après.

J'avois trop répandu de larmes durant le
court espace de ma triste jeunesse, pour pouvoir en retrouver encore. Je revins en France. Je gardai pendant plusieurs jours un silence stupide. A cent soixante lieues de Paris mes
forces m'abandonnerent tout-à-fait. Je restai
huit jours à Montpellier.

Aidé d'une foible lueur de ma première

raifon , c'eft-là que je fondai ce fyftême de
triftelle auquel je n'ai pas long-tems à être
fidelle ; car bientôt votre ami ne fera plus.
Ici Dormont fe tut, & me ferra la main en
verfant quelques pleurs. Si jeune encore, lui
dis-je, vous avez été éprouvé ! foyez plus
fort que vos revers, foulez fous vos pieds
l'afcendant qui vous perfécuta ; un cœur vous
refte , c'eft le mien ; foible dédommagement
après les pertes de l'amour ! mais que d'infortunés ont vécu fans avoir un Ami ! combien font morts fans pouvoir fe tourner vers
quelqu'un qui les entendît !

Aimez les Arts ; les Arts n'abandonnent
point celui qui les cultive ; ils ennobliront
votre être ; ils vous referont une ame que
leur magie confolante habitera : vous avez
des richeffes immenfes, donnez - en avec
choix la troifiéme partie, vous triplerez votre
fortune : féchez vos pleurs, ou verfez - en
encore quelque tems, pour n'en répandre
jamais.

Je vous laiffe à vos réflexions , continuai-
je ; je vous reverrai demain , & j'efpère que
mon ame aura paffé dans la vôtre. Le lendemain il n'étoit plus. Je fus réveillé à cinq

heures du matin par un de ſes gens qui m'ap-
porta ce Billet :

» J'ai cru qu'il m'étoit meilleur de mou-
» rir que de vivre ; je vous regrette , & ne
» regrette que vous : mon ſouvenir va bien-
» tôt être effacé ſur la ſurface de la terre : ſon-
» gez quelquefois à moi , ſi je ne vous rap-
» pelle pas une idée trop douloureuſe. Il
» m'en coûte de vous quitter ; mais il n'eſt
» pas auſſi difficile de mourir que vous pour-
» riez le croire. Si dans ce moment vous fai-
» ſiez un vœu , il faudroit ſouhaiter que je
« n'exiſtaſſe plus dans une minute «.

Son Valet-de-Chambre , accouru au bruit
de deux coups qui le renverſerent baigné
dans ſon ſang , le trouva ſans vie.

Ainſi mourut , Madame , une des créatures
les plus aimables que j'aie connues , & l'homme le plus ſéduiſant ſans doute pour le Sexe
qui lui coûta le jour. Quelquefois me livrant
à l'étude , je m'arrêtois tout - à - coup , je
croyois le voir : j'étendois les bras , & mes
bras s'étendoient vainement. Ah ! j'en ai
peur , on ne revoit plus les morts.

Muse solitaire & tendre,
Qui sensible à mes douleurs,
Tout-bas me faisiez entendre
Des accents consolateurs;
Qui, sous ma plume inspirée,
Notâtes de petits airs;
Muse long-tems adorée,
Recevez mes derniers vers.
Livré profondément à ma mélancolie,
Habitant isolé de ces tranquilles lieux,
J'y veux passer le reste de ma vie;
Je vous fais mes derniers adieux.
Mais toujours reconnoissante,
Mon ame gardera le souvenir constant
De la faveur innocente
Qui me fit penser un instant,
Qu'étant aussi caressante,
Vous m'aviez nommé votre Amant.
Vous étiez tant soit peu coquette,
C'est le défaut de plus d'une Beauté;
Mais vous veniez accorder ma musette,
Et j'oubliois votre infidélité.

Adieu. Si quelque jour , pour plaire à ma Maî-
        treſſe,
    Je voulois faire une Chanſon ,
    N'abandonnez pas ma jeuneſſe ;
Apportez avec vous du haut de l'Hélicon
    Un flacon des eaux du Permeſſe
Pour ſoutenir ma réputation.

LE PLAGIAIRE.

A. M. L. V. D. C.

L'A B B É Trublet avoit alors la rage
D'être à Paris un petit perſonnage ;
Il compiloit, compiloit, compiloit,
                        Volt. . . .

. . . .
. . . .
. . . .
. . . .

. . . . . Tant-mieux ! il eſt des gens
De qui l'éloge eſt un outrage,
Quand leur eſtime eſt le partage

Des sots tarés, ou des petits talents ;
On doit porter des yeux indifférents
Sur leurs arrêts. . . . .
Je ne te dirai point que ce Monsieur Cléon,
Détesté dans Paris, honni dans les Proviuces,
A compilé par-tout ses vers si froids, si minces,
Et ses mauvais bons mots pleins d'un si mauvais
   ton,
 Qu'il a volé sa réputation :
 Mais non, sans doute, il ne l'a point volée ;
  Il est clair qu'il l'a méritée.
Sous un air important cachant sa nullité,
  Monsieur Cléon, en vérité,
  N'en impose plus à personne :
 Dans le public son rang est arrêté ;
 On l'a mis à sa place. . . . . . .
  .   .   .   .   .   .
  .   .   .   .   .   .
  .   .   .   .   .   .

A la Cour, à la Ville, est-il quelqu'un qu'il
   aime ?
 Quand il n'a rien à dire sur les gens,
 Monsieur Cléon déchire à belles dents
  .   .   .   .   .   .

Monsieur Cléon dit du mal de lui-même.

Il a raifon . . . . . .

. . . .

o . . . . . o . .

o . . . .

. . , ...

Quand on a de l'efprit, un vifage paffable,

De la tournure, du maintien,

Quand on plaît, quand on parle bien,

On eft fouvent haï pour être trop aimable.

Toi qui fus fripon & demi,

Tu fais cela, mon cher ami :

La calomnie a fuivi trop de gloire.

Mais, à propos, je veux te conter une hiftoire.

Dans Babylone autrefois un Quidam

Fut Plagiaire à fon grand dam.

Tu vas le voir. . . . .

. . . .

. . . .

. . . .

. . . .

Dans Babylone alors un grand Compilateur

Récitoit aux paffants un ramas inutile

De Sörnettes, de Vers, d'Odes, de Madrigaux ;

Il débitoit des propos. … Quels propos !

. . . .
. . . .
. . . . . . Le fot
Fut pris au mot.

. . . .
. . . . Il y refta long-tems;
Il contoit fes ennuis & fes chanfons aux vents.
Le Roi régnant étoit bon & fenfible,
Il ordonna qu'on l'élargît;
Mes chers amis, il en fortit,
Mais il fortit incorrigible.

. . . .

Pline le jeune nous apprend
Que fous Denis on vit dans Syracufe
Un homme qu'on nommoit Mabuze
Se donner un travers tout neuf & très-plaifant.

. . . .
. . . .
. . . .
. . . .

Monfieur Mabuze . . . .
Affura pofitivement
Que c'étoit fon ouvrage. On crioit, c'eft char-
mant!

Ces Dames, ces Messieurs la trouverent divine.

. . . . . .

. . . .

Une balle effleura sa poëtique épaule,
Il perdit un moment la vue & la parole.

. . . . . .

. . . .

. . . .

On le mit dans son lit ; Gallien y courut ;

. . . .

Quelle leçon pour tous les Plagiaires,
Pour tous les Filoux Littéraires !

. . . .

. . . .

. . . .

. . . .

. . . .

. . . .

Si vous ne pouvez pas *dérober nos Neveux*,
Si vous voulez rimer , obstinés Métromanes,
Respectez les vivants; volez les morts fameux ,
Ne craignez point le courroux de leurs mânes:
Dans l'autre monde il est assez égal
D'avoir ourdi le plan de quelque Tragédie ,
D'avoir fait ou mieux ou plus mal. . . .

.   .   .   .

.   .   .   .

On tient de fon vivant à ces mifères-là.

Et d'ailleurs, bonnes gens , votre profe habillée,

Et votre Poëfie encore que pillée ,

    Nous plaira plus (je t'en prends à témoin ,

    Mon tendre ami , l'homme de Babylone ,)

    Si vous pillez avec choix, avec foin ;

Du Voltaire fur-tout ! ça ne bleffe perfonne.

Dès-lors plus d'embarras , & tout eft pour le

        mieux ,

Plus de réclamateurs, triftes, faftidieux,

    Qui vont difant , » c'eft mon Epître

    Que je laiffai fur mon pupître ;

    Il me l'a prife l'autre jour :

Il dit qu'elle eft de lui, ça n'eft pas vrai : j'enrage.

    Au tendre objet d'un tendre amour

    De mon talent j'offrois l'hommage :

    Il m'a volé . . . , ...

.   .   .   .

.   .   .   .

.   .   .   .

.   .   .   .

.   .   .   .

.   .   .   .

Fin du premier Volume.

www.ingramcontent.com/pod-product-compliance
Lightning Source LLC
Chambersburg PA
CBHW051140260626
47170CB00005B/1904